MARJORIE ET FANTÔMAS

Titres de la collection

MYSTÈRE #3

MARJORIE ET
FANTÔMAS

Ann M. Martin

Adapté de l'américain par
Nicole Ferron

Données de catalogage avant publication (Canada)

Martin, Ann M., 1955-

Marjorie et Fantômas

(Les Baby-sitters. Mystère; 3)
Traduction de: Mallory and the Ghost Cat.
Pour les jeunes.

ISBN: 2-7625-7663-6

I. Titre. II. Collection: Martin, Ann M., 1955-
Les Baby-sitters. Mystère; 3.

PZ23.M37Ma 1994   j813'.54   C94-940141-2

Mallory and the Ghost Cat
Copyright © 1992 by Ann M. Martin
publié par Scholastic Inc., New York, N.Y.

Version française:
© Les éditions Héritage inc. 1994
Tous droits réservés

Dépôts légaux: 1er trimestre 1994
Bibliothèque nationale du Québec
Bibliothèque nationale du Canada

ISBN: 2-7625-7663-6   Imprimé au Canada

LES ÉDITIONS HÉRITAGE INC.
300, Arran, Saint-Lambert (Québec) J4R 1K5
(514) 875-0327

*L'auteure remercie chaleureusement
Ellen Miles
pour sa contribution à
la préparation du manuscrit.*

Buy the book, 06/96

CHAPITRE 1

Ça, c'est de la mozzzzarrrrelllla ! dis-je en mul-
tipliant les consonnes pour jouer à l'Italienne.
Claire pouffe de rire.

— Moutsarolie, metsa binie, miaou-a-roni,
chante-t-elle en dansant autour de la cuisine.

— Ça va, mademoiselle miaou-a-roni, dis-
je. Apporte-moi le fromage que je le râpe.

Nous sommes en train de faire des petites
pizzas pour souper afin de surprendre maman.
Elle vient d'appeler pour nous dire qu'elle
serait en retard à cause d'une réunion. Je suis
certaine qu'elle sera enchantée de trouver le
souper sur la table à son arrivée.

— Claire, c'est le temps d'apporter les petits
pains, s'il te plaît.

Claire adore « aider » dans la cuisine et,
même si le fait d'aider rend les choses plus com-
pliquées, je la laisse faire quand elle le veut.

Les petites pizzas ne sont pas trop difficiles

à faire : il faut d'abord couper les pains en deux et mettre toutes ces moitiés sur une plaque à pâtisserie. On étend ensuite un peu de sauce sur chacune, puis on saupoudre de la mozzarella. Un peu d'orégano partout et on met la plaque sous le gril ! Facile... et délicieux.

Le seul ennui, c'est d'en faire pour toute ma famille. Pourquoi ? Parce que nous sommes dix... oui *dix*. Claire n'est pas ma seule sœur. J'en ai deux autres et aussi quatre jeunes frères. Alors, lorsque je prépare des petites pizzas pour la famille, j'en fais quatre grandes plaques à pâtisserie. C'est un des repas favoris de tous les Picard.

Oui, les Picard, c'est nous. Je donne des recettes et je ne me suis pas encore présentée. Je m'appelle Marjorie Picard ; j'ai onze ans et je suis en sixième année à l'école primaire de Nouville. Voilà, vous savez tout. Enfin... il y a encore beaucoup à dire, mais ça attendra. Il faut d'abord que je parle de ce souper de vendredi soir.

Juste au moment où je glisse les plaques dans le four, mon petit frère Nicolas entre en trombe dans la cuisine. Il est crotté. Son t-shirt est tellement sale qu'on ne peut plus en voir le dessin ; quant à son jean, il est non seulement sale, mais déchiré.

— Qu'est-ce que tu as fait ? dis-je, d'un ton qui ressemble à celui de maman.

Nicolas a l'air aussi coupable qu'il est possible de l'être pour un garçon de huit ans.

— Rien, fait-il en haussant les épaules, juste jouer aux boules de boue.

— Aux boules de boue ? Jamais entendu parler. Qui a eu cette idée de génie ?

— Moi, dit Joël, en arrivant derrière mon dos. Ou l'idée de base, en tout cas. Antoine et Bernard ont développé mon idée, ajoute-t-il, fier de lui.

Il est encore plus sale que Nicolas. Lui, Antoine et Bernard ont dix ans et ils sont jumeaux identiques. Des triplets !

— Qu'est-ce qui sent si bon ? demande Joël.

— Des petites pizzas, dis-je.

— Bravo ! crient-ils en chœur.

— Mais elles sont destinées à des humains, pas à des cochons.

— Ça va, ça va, fait Joël en roulant les yeux. Viens te laver, Nicolas !

— Une minute, les gars ! Enlevez ces vêtements avant de monter. Maman sera furieuse si vous mettez de la boue partout.

Maman n'est pas une fanatique des travaux ménagers — personne avec huit enfants ne peut l'être — mais je sais qu'elle sera fatiguée en rentrant et qu'elle n'appréciera pas une maison qui ressemble à une piste de course boueuse.

Joël et Nicolas se dirigent vers la buanderie et c'est là que j'expédie Bernard et Antoine dès qu'ils entrent.

Comme j'appelle Margot, j'aperçois Vanessa qui descend l'escalier comme en flottant, sans remarquer ses frères qui passent près d'elle à demi vêtus. Vanessa est toujours dans son petit monde. Elle veut devenir poétesse et elle est souvent rêveuse, absente, tout à fait ignorante de ce qui se passe dans le vrai monde. Au début, on croyait tous que son attitude changerait, mais elle a maintenant neuf ans et ça dure encore. Elle est faite ainsi.

— Vanessa! Réveille-toi! fais-je en claquant les doigts. Viens aider Margot à mettre la table.

— Assiettes et serviettes, couteaux et fourchettes, dit-elle d'un ton déclamatoire, voilà la table mise de façon bien nette.

Oh! là là! Vanessa passe parfois des journées entières à faire des rimes. La meilleure façon de ne pas avoir de problèmes avec Vanessa, c'est de la laisser être elle-même.

Pendant qu'elle et Margot mettent la table, Claire et moi finissons les pizzas. Mes frères achèvent de se laver au moment où mes parents arrivent à la maison.

— Oh ! Marjorie ! s'exclame ma mère en voyant le repas. Tu es mon ange gardien. Tout ça a l'air délicieux !

Mes frères me demandent si ça fait mal quand les ailes d'un ange gardien commencent à pousser et mes sœurs rigolent, mais mon père les arrête vite.

— C'est assez, les enfants. Votre sœur a été assez gentille pour faire votre souper, aussi il serait plus convenable que vous lui disiez merci au lieu de la taquiner.

Mes sept frères et sœurs se tournent en même temps vers moi.

— Merci, Marjorie, récitent-ils en chœur, sans aucune conviction.

— Mangeons maintenant ! ajoute Bernard en se ruant vers la table, suivi des autres qui se bousculent.

Vraiment, mes frères et mes sœurs me semblent parfois si immatures. Je sais que ce ne sont que des enfants et qu'il ne faut pas leur en demander trop. Mais je suis tellement fatiguée d'être enfant moi-même ; je suis prête à être une adulte. C'est parfois difficile dans cette foire. Sans compter que mes parents semblent ne pas vouloir que je vieillisse jamais. Oh ! ils adorent me donner des responsabilités, comme de prendre soin des autres et de faire les repas. Mais ça s'arrête là.

Mon grand problème, c'est que j'ai des cheveux roux bouclés (tous les membres de ma famille ont les cheveux bruns), des lunettes et un appareil dentaire. Comme il est en plastique, mon appareil ne semble pas si terrible, mais je me sens affreuse avec. C'est la même chose pour mes lunettes. Si je pouvais me faire couper les cheveux, avoir des lentilles cornéennes et perdre cet appareil de malheur... j'aurais au moins l'air présentable. Mon père a l'habitude de dire qu'un jour je serai « à croquer », mais pour le moment, lui et ma mère affirment que je dois attendre mon heure.

J'avoue que parfois j'aime bien me sentir encore comme une toute petite fille. Par exemple, quand je suis malade, j'aime me faire dorloter par maman et me faire lire une histoire.

De toute façon, j'ai hâte de grandir, mais je me sens souvent comme Peter Pan, comme si je ne voulais jamais grandir.

Ce soir, je me sens cependant assez vieille pour souhaiter que le souper se termine et que je puisse aller lire dans ma chambre. Mais mes plans tombent vite à l'eau car mon père annonce une réunion de famille après le repas. Il a l'air sérieux et ma mère aussi. Je déteste lorsqu'ils ont cet air-là. Quelquefois les réunions de famille tournent au vinaigre, par exemple le soir où papa nous a annoncé qu'il avait perdu son emploi. Personne n'a vraiment le temps de s'inquiéter car les garçons nettoient la table à la vitesse de la lumière, pressés d'en finir avec les mauvaises nouvelles, quelles qu'elles soient.

Nous nous rassemblons dans le salon. L'air est lourd. Puis papa tousse un peu avant de commencer.

— Vous rappelez-vous toutes les histoires que je vous ai racontées au sujet de mon oncle Jo? nous demande-t-il.

— Celui qui t'a donné le petit chiot? s'informe Nicolas.

— Oui, il me l'avait offert pour mes huit ans.

— Et il t'emmenait à la pêche, n'est-ce pas? ajoute Joël.

— C'est ça. C'était le plus fantastique des oncles. La première chose qu'il faisait quand il me voyait c'était…

— Te retirer une pièce de cinq cents de l'oreille! crie Margot. Je me rappelle que tu nous l'as déjà raconté.

— En fait, c'était un truc de magie, mais pendant des années j'ai cru que ces pièces se trouvaient réellement dans mes oreilles et que seul mon oncle Jo pouvait les tirer de là.

Papa reste silencieux un moment, souriant à tous ces souvenirs.

— Mais oncle Jo est assez vieux maintenant et il habite un foyer pour personnes âgées depuis quelques années. Récemment, on l'a transféré dans un foyer tout près d'ici.

— Allons-nous le visiter ? demande Claire. Il va peut-être trouver des *vingt-cinq cents* dans mes oreilles !

— Ce n'est pas tout à fait cela, dit papa. C'est lui qui va nous visiter. Je l'ai invité et il a accepté de venir passer quelque temps ici.

— Bravo ! s'exclame Nicolas.

— Mais où va-t-il dormir ? demande Margot. Claire et moi pourrions lui laisser notre chambre et déménager dans celle de Vanessa et de Marjorie.

Cette idée me donne envie de grogner. Partager sa chambre avec une sœur, ça va, mais trois ? Je suis bien contente qu'oncle Jo vienne chez nous, mais j'espère que maman aura de meilleurs arrangements à nous proposer.

— Je pense qu'il s'installera dans la salle de séjour, dit maman qui répond à ma question silencieuse. Il y sera à l'aise et aucun de vous n'aura à se déplacer.

— Hourra ! crie Antoine. Il va nous enseigner des tours de magie et nous raconter des histoires du temps que papa était jeune...

Papa lève soudain sa main.

— Attention, précise-t-il. Nous devrons y aller «mollo» avec lui. Il n'est probablement plus le même oncle que dans mes souvenirs. Les employés du foyer qu'il habite m'ont dit qu'il était parfois déprimé, parfois d'humeur grincheuse. Il faudra lui laisser le temps de s'adapter, d'accord?

Antoine hoche la tête; il est tout à coup moins emballé.

Toute cette conversation me laisse plutôt songeuse. Dès que papa a lancé la nouvelle, je me suis inquiétée d'une chose: quand oncle Jo sera ici, est-ce que mes parents me demanderont toujours de garder? J'aime beaucoup garder. Je fais même partie d'un club de gardiennes dont je parlerai plus loin. Et si oncle Jo allait rester ici pour toujours?

Je me dis que la meilleure façon d'en avoir le cœur net, c'est de poser carrément la question.

— Papa? Lorsque oncle Jo sera ici, aurez-vous encore besoin de moi pour garder?

Papa et maman se sourient.

— Bien sûr, ma chérie. Nous aurons toujours besoin de toi.

Quel soulagement! Dès que la réunion de famille est terminée, je cours au téléphone. J'ai envie de raconter les dernières nouvelles de la famille Picard à ma meilleure amie.

C H A P I T R E 2

Alors, quand ton oncle arrive-t-il? me demande Jessie en montant l'escalier.

Nous sommes lundi; c'est la première réunion du Club des baby-sitters de la semaine.

— Dimanche prochain, dis-je. Mais il y a un tas de choses à faire avant. Je te le présenterai un de ces jours.

— J'aimerais beaucoup le rencontrer. Quelqu'un qui sait comment cueillir des pièces de monnaie dans les oreilles me semble assez sympathique!

Tous les membres du Club sont déjà là. Qui sont-ils? Christine Thomas, Claudia Kishi, Sophie Ménard, Anne-Marie Lapierre et Diane Dubreuil. Et moi et Jessie, comme de raison. Les cinq que j'ai nommées en premier sont maintenant en secondaire II. Elles ont treize ans. Jessie et moi avons onze ans.

Diane, Claudia et Anne-Marie sont étendues sur le lit. Sophie est assise à califourchon sur la chaise, Jessie et moi sommes installées sur le plancher et Christine, comme d'habitude, trône dans le fauteuil. Un crayon est perché sur son oreille et ses yeux, braqués sur le réveil. Dès que dix-sept heures trente apparaît, elle crie :

— À l'ordre !

Christine est la présidente du Club. Pourquoi ? Eh bien, c'est d'abord elle qui en a eu l'idée. Elle et ses amies gardaient déjà beaucoup l'an dernier et elle s'est dit qu'elles pourraient être mieux organisées. Nous sommes maintenant sept, *neuf* si on compte les deux membres associés, qui n'assistent pas aux réunions.

Christine est ce qu'on appelle une «meneuse». Elle a toujours de bonnes idées et elle sait comment les mettre en pratique. Elle dirige le Club comme une véritable affaire, avec beaucoup de succès. Après avoir décidé quels jours on se rencontrerait, elle a lancé une campagne de publicité. Nous avons même un journal de bord où nous faisons le compte rendu de chacune de nos gardes.

C'est drôle que Christine soit une personne aussi bien organisée, avec toute l'atmosphère trépidante qui règne chez elle. Elle a deux frères aînés, Charles et Sébastien; un petit frère de sept ans, David; une petite sœur de deux ans et demi, Émilie (une petite Vietnamienne que ses parents viennent d'adopter); une demi-sœur et un demi-frère (Karen et André, qui demeurent à temps partiel seulement dans la famille). La grand-mère de Christine habite aussi avec eux tous. Sans compter, bien entendu, la mère de Christine et son beau-père, Guillaume.

Ce dernier est millionnaire et maintenant toute la famille Thomas habite un gros manoir à l'autre bout de la ville. Au début, Christine ne voulait pas déménager, mais je crois qu'à présent elle aime bien sa nouvelle vie.

La vice-présidente du Club est Claudia Kishi. Comme vous pouvez le deviner d'après son nom, elle est d'origine japonaise. Sa famille est moins compliquée que celle de Christine, ne comprenant que son père, sa mère et une sœur géniale (sans blague!), Josée.

Ce titre de vice-présidente revient de droit à Claudia puisqu'on tient les réunions dans sa chambre, qu'on utilise son téléphone, qu'on s'assoit sur son lit, et qu'on mange ses friandises.

Claudia est une véritable artiste. Elle fabrique ses propres bijoux et sait comment se mettre en valeur avec des vêtements originaux.

Si elle mettait autant d'énergie dans ses travaux scolaires que dans son art et sa tenue vestimentaire, elle aurait toujours des « A ». Mais les études ne sont pas sa priorité.

La meilleure amie de Claudia est Sophie Ménard, une « bolée » en maths, qui est parfaite pour la tâche qu'elle remplit dans le Club : trésorière. Elle est semblable à Claudia pour ce qui est des vêtements. Elle a grandi à Toronto, a la permission de se maquiller légèrement, de se faire friser les cheveux et elle est toujours au courant de la dernière mode.

Elle a vécu des choses un peu difficiles dernièrement. Ses parents ont divorcé et son père habite Toronto alors que sa mère est revenue vivre à Nouville. Sophie a décidé de suivre sa mère, mais elle rend fréquemment visite à son père. Une autre chose qui n'a pas été facile pour elle, c'est d'accepter sa maladie : le diabète. Elle ne peut pas manger de sucre parce que son pancréas fonctionne mal. En plus, elle doit se donner des injections d'insuline tous les jours. L'insuline est ce que le pancréas devrait produire. Elle ne se plaint jamais. C'est incroyable.

La secrétaire du CBS (c'est comme ça qu'on appelle le Club) est Anne-Marie Lapierre. Je crois qu'elle a le travail le plus difficile. Elle s'occupe de l'agenda : nos gardes, les numéros de téléphone de nos clients, nos horaires personnels (mes rendez-vous chez l'orthodontiste, les cours d'arts de Claudia, les leçons de ballet de Jessie, etc.). Lorsqu'un parent demande une gardienne, elle sait en un seul coup d'œil qui sera libre.

Ça prend un certain temps avant de bien connaître Anne-Marie car elle est très timide. Mais à force de la fréquenter, on découvre en elle une grande amie. Elle est sensible, sait écouter les gens et nous avons beaucoup de plaisir en sa compagnie. Elle a grandi toute seule avec son père, ayant perdu sa mère lorsqu'elle n'était encore qu'un bébé. Son père avait l'habitude d'être très sévère, mais il s'est beaucoup assoupli ces derniers temps.

Autre chose: Anne-Marie est la seule fille du Club à avoir un petit ami! Il s'appelle Louis Brunet et il est l'un des membres associés du Club. (L'autre membre est Chantal Chrétien, qui habite le nouveau quartier de Christine.) Même si la relation d'Anne-Marie et Louis a souvent des hauts et des bas, ils forment un couple charmant.

Anne-Marie a deux très grandes amies: Christine et Diane Dubreuil, le membre suppléant du CBS. En fait, Diane est plus qu'une amie pour Anne-Marie, c'est aussi sa demi-sœur!

Voici comment tout est arrivé : Diane a grandi en Californie, mais sa mère était de Nouville. Alors, lorsque les parents de Diane ont divorcé, madame Dubreuil a décidé de revenir habiter ici. Cette dernière, grâce à Anne-Marie et Diane, a même retrouvé son ancien amoureux de collège, a recommencé à sortir avec lui et le tout s'est terminé par un mariage. Qui était cet ancien amoureux ? Le père d'Anne-Marie. Quelle histoire romantique !

Même si Diane habite maintenant Nouville, elle reste une Californienne dans l'âme. Elle a de longs cheveux blonds et les yeux bleus, déteste le froid, est très individualiste et s'occupe rarement de ce que les autres pensent de ses faits et gestes.

Diane a un jeune frère qui s'appelle Julien, mais il habite avec son père en Californie. Je sais que Diane est triste de voir sa famille séparée, mais comme le clan Lapierre-Dubreuil est très actif, elle ne doit pas passer trop de temps à y penser.

Diane est membre suppléant de notre Club, c'est-à-dire qu'elle peut remplacer à pied levé n'importe quel membre qui ne peut assister à une réunion. (Elle adorerait remplacer Christine comme présidente, mais cette dernière ne rate jamais une réunion.)

Je parie que vous mourez d'envie de savoir quel travail nous avons, Jessie et moi, au sein du Club. En fait, nous sommes des membres débutants, n'ayant aucune fonction spéciale et ne gardant que le jour après l'école. Nos parents ne nous permettent pas de garder le soir, à moins que ce soit pour nos familles. Je suis assez heureuse de n'être qu'un membre débutant : j'ai tout plein de travail et les autres membres nous sont reconnaissants de les libérer pour les gardes de soirée.

Jessie aussi est contente de n'avoir aucune fonction dans le Club et de ne garder que le jour. Elle n'aime pas se coucher tard parce qu'elle a besoin de beaucoup de sommeil. Elle est ballerine et son entraînement ressemble un peu à celui d'une athlète. Il faut être en grande forme pour être danseuse et cela ne veut pas seulement dire bien dormir, mais aussi bien manger et prendre soin de son corps.

Je ne suis pas certaine que j'aurais le courage de Jessie. Elle travaille très très fort et je crois qu'elle sera une grande ballerine. (J'écrirai peut-être un livre sur elle. C'est vraiment ce que j'aimerais faire quand je serai une adulte : écrire et illustrer des livres pour enfants.) Sa famille l'encourage beaucoup. En plus de ses parents, Jessie a une petite sœur, Becca, et un petit frère,

Jaja. Récemment, sa tante Cécile est venue habiter avec la famille de Jessie et, celle qu'on considérait au début comme un sergent de l'armée s'est finalement mise au pas.

Nous aurions dû savoir qu'il ne faut pas juger trop vite. C'est un peu ce qui est arrivé aux Raymond lorsqu'ils ont emménagé à Nouville. Parce qu'ils sont Noirs, les gens les ont pris en aversion. La famille de Jessie a cependant réussi à bien s'intégrer, malgré le fait qu'il n'y a pas beaucoup de familles noires à Nouville. Les préjugés ne sont-ils pas affreux ? Et ils font tellement souffrir ceux qui en sont les victimes.

Je suis un peu sortie de mon sujet, puisque je ne voulais que vous expliquer comment le Club fonctionne. Notre réunion d'aujourd'hui se déroule sans rien de spécial à souligner, sauf pour l'appel que nous recevons à la toute fin. C'est monsieur Cormier. Les Cormier n'ont pas encore été nos clients, mais Christine les connaît. Sa mère joue au tennis avec madame Cormier.

Monsieur Cormier appelle donc pour avoir une gardienne pour ses trois filles. Il explique à Christine (qui a pris l'appel) que les petites sont habituellement gardées par leur tante qui vient de se fracturer une jambe. Les Cormier auront donc besoin d'une gardienne de façon régulière jusqu'à ce que la tante se rétablisse. Monsieur Cormier souhaite avoir la même gardienne chaque fois puisque «les petites ont besoin de cette continuité» et que la plupart des gardes se feront le jour et les fins de semaine.

Devinez pourquoi je vous raconte tout ça. Parce que c'est moi qui ai eu l'engagement! Je rentre donc à la maison passablement excitée. J'ai du travail pour un bout de temps et j'ai hâte à samedi: ce sera ma première garde chez les Cormier.

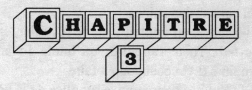

CHAPITRE 3

Ploc, ploc, ploc. Oh! non! Il commence à pleuvoir. Mes amies et moi sommes en pique-nique près d'un petit ruisseau. Nous mangeons du poulet frit et Jessie fait voler un cerf-volant. Puis, la pluie commence. *Ploc, ploc, ploc*... Je sens les gouttes rouler sur mes joues.

J'essaie alors de les éviter en me protégeant le visage avec mon bras.

— Arrête une seconde! fait une voix. Elle se réveille.

Mon cerveau se remet à fonctionner et la scène de pique-nique s'estompe. J'ouvre un œil. Je ne suis pas près d'un ruisseau avec mes amies. Le pique-nique n'était qu'un rêve. Je suis dans mon lit, entourée de quatre petits diables ricanants. L'un d'eux cache quelque chose derrière son dos d'un mouvement furtif, mais pas assez rapide.

— Qu'est-ce que tu as là, Joël? Hummm…
Un compte-gouttes rempli d'eau. Très intéressant.

Bernard, Nicolas et Antoine pouffent de rire.
Joël est sur des épines.

— On… on voulait juste te réveiller, explique-t-il. Tu te rappelles qu'oncle Jo arrive
demain? Il y a beaucoup à faire.

— Et tu as pensé que le supplice de la goutte
d'eau serait la meilleure façon de me réveiller?

— Ça marche, fait Joël en hochant la tête.

— Oh! oui? dis-je, menaçante, en repoussant mes couvertures. Eh bien, je vais t'apprendre à réveiller ta grande sœur en l'aspergeant
d'eau!

Sur ces mots, j'empoigne mon frère et je
me mets à le chatouiller après l'avoir jeté sur
le lit.

— Arrête! crie Joël.

— Pas avant que tu me promettes de ne plus
jamais recommencer!

— D'accord! D'accord! Je promets!

— Pas moi! lance Bernard en sautant sur le
lit.

Antoine et Nicolas ne sont pas très loin derrière. Bientôt, mon lit n'est qu'une masse informe de bras et de jambes qui gesticulent et
d'où sortent des cris inarticulés.

Vanessa se montre alors à la porte de la chambre et, sans être le moindrement surprise du chahut que font les garçons, nous avise que le déjeuner est servi.

— Allez, vous autres, dit-elle. Papa a fait des gaufres.

— Des gaufres! s'exclame Bernard, le gourmand.

— Hourra! renchérit Antoine.

— Miam! fait Nicolas en se léchant les lèvres.

— Miam, ces gaufres m'ont l'air délicieuses, papa, dis-je en entrant dans la cuisine.

— Nous avons une grosse journée devant nous, fait papa. J'ai pensé qu'un déjeuner substantiel serait l'idéal.

J'apporte mon assiette de gaufres dans la salle à manger. Lorsque papa a terminé toutes les gaufres et qu'il prend le temps de s'asseoir pour manger à son tour, tout le monde en est à sa dernière bouchée. Antoine se lève, mais papa l'arrête aussssitôt.

— Un instant! On doit faire quelques plans. (Antoine se rassoit, en regardant papa attentivement.) Vous n'oubliez pas que votre oncle arrive demain matin. Ce serait bien que sa chambre soit prête. Nous devons…

— Penses-tu qu'il va nous montrer le truc du

mouchoir qui se change en souris ? l'interrompt Claire.

— Peut-être, dit papa. Si vous le lui demandez bien poliment. J'avais oublié que je vous avais parlé de ce truc. Il réussissait vraiment à nous faire croire qu'une souris lui courait sur le bras... Il était tellement habile avec les animaux. Il m'avait aidé à enseigner des trucs à mon chien. Est-ce que je vous ai déjà parlé de celui ?...

— Celui où ton chien faisait le mort quand quelqu'un disait le mot magique ? demande Antoine.

— Oncle Jo pourrait peut-être enseigner des trucs à Frodo, dit Claire.

Tout le monde pouffe de rire et Claire semble blessée.

— Je suis désolée, Claire, dis-je. C'est juste que les hamsters ne sont pas des chiens. Ils aiment seulement manger, dormir et courir dans leur roue.

— Bon, bon, fait papa. On est en dehors du sujet. Pour le moment, il faut se demander comment on peut rendre la salle de séjour aussi confortable qu'une chambre. Le divan qui est là lui fera un très bon lit et je poserai des crochets pour qu'il puisse pendre ses vêtements. Quelqu'un a d'autres idées ?

— Je pense qu'on devrait sortir ton bureau de là et mettre à la place une table de nuit, dit maman. De cette façon, il aura plus d'espace et tu n'auras pas à le déranger si tu veux travailler.

— Bonne idée ! Qu'est-ce qu'on pourrait prendre comme table de nuit ?

— Mon coffre à jouets ? demande Nicolas. Je ne l'utilise plus.

— Je pense que ma bibliothèque serait encore mieux, dit Joël. Elle contient plus de place de rangement.

— Non ! dit Nicolas. Je veux qu'il prenne mon coffre à jouets !

Joël se prépare à répondre, mais maman est plus rapide que lui.

— Essayons de ne pas entrer dans de trop longues discussions. C'est très excitant d'avoir oncle Jo avec nous, mais ce seront aussi de grands changements. Essayons de travailler ensemble, d'accord ?

— Mais j'aimerais quand même qu'il utilise mon coffre à jouets, reprend Nicolas.

— Je pense que ce serait parfait, conclut maman en jetant un regard à Joël, mais pourquoi les triplets n'essaieraient-ils pas de décorer la pièce pour oncle Jo ?

— D'accord, disent les triplets.

— Je vais faire le portrait d'oncle Jo, dit Joël, qui s'arrête un moment. À quoi ressemble-t-il ?

— Bonne question, fait papa. Je ne l'ai pas vu depuis des années. Mais je me rappelle que lorsque j'étais jeune, il avait un visage buriné, des yeux bleus…

— Hum, fait maman. Et si on se mettait au travail ?

— On y va ! Nicolas, allons chercher ton coffre à jouets, dit papa. Puis j'aurai besoin d'aide pour déménager ce gros bureau, ajoute-t-il en me regardant.

— Je vais tout épousseter, lance Vanessa.

C'est un travail qu'elle adore. Elle valse autour de la pièce en passant le plumeau un peu partout.

— Je vais faire une surprise à oncle Jo, dit Margot.

— C'est bien pensé, lui dit maman. Quel genre de surprise ?

— C'est un secret, de rétorquer ma sœur.

— Un secret ? demande Claire qui adore les choses mystérieuses. Est-ce que je peux t'aider ?

Margot commence par secouer la tête, mais maman lui jette un regard qui en dit long.

— Tu nous aiderais beaucoup en laissant Claire travailler avec toi, dit-elle.

— D'accord, dit Margot. Mais tu dois promettre de ne rien dire avant que ce soit terminé.

— Promis !

Sur cette promesse, les deux petites se dirigent vers leur chambre.

Les triplets se sont déjà mis au travail dans la salle de jeux où se trouve le matériel d'artiste. Ils seront occupés pendant des heures. Finalement, tout le monde s'affaire le reste de l'avant-midi.

J'aide maman à nettoyer le séjour, j'ouvre le divan et fais le lit. J'aide papa à déménager le gros bureau dans un coin de la salle à manger. J'envoie Vanessa chercher des serviettes propres pour oncle Jo. Toute la journée, je me demande comment sera la vie avec une nouvelle personne dans la maison. Je n'ai pas connu beaucoup de vieilles personnes : mes grands-parents habitent très loin. J'ai l'impression que ce ne sera pas si facile de prendre l'habitude de vivre avec oncle Jo.

Bientôt, le séjour est tout propre et accueillant. Nous avons mis une petite lampe sur le coffre à jouets de Nicolas et papa a installé une rangée de crochets le long d'un mur. Je dois même dire que les dessins des triplets mettent de la gaieté dans la pièce.

Margot et Claire sont encore au travail lorsque je me prépare à partir chez les Cormier. Je les entends rigoler et j'aperçois une Claire couverte de peinture lorsqu'elle vient me demander comment on dessine une tulipe. Je n'ai aucune idée de leur projet, mais je suis sûre qu'oncle Jo se sentira le bienvenu chez les Picard.

CHAPITRE 4

Merci de ton aide, Marjorie, dit papa. Oncle Jo sera très heureux de se retrouver dans une chambre aussi confortable.

— Je l'espère, dis-je en regardant le mouvement rapide des essuie-glaces sur le pare-brise.

La température s'est gâtée et papa vient me reconduire chez les Cormier. Il pleut à boire debout.

— Est-ce que je t'ai déjà raconté la fois où oncle Jo et moi avions été pris sous la pluie? me demande papa.

Je pousse un petit soupir. On entend des tas d'histoires d'oncle Jo ces temps-ci. Mais je suis prête à tout pour ne pas faire de peine à papa.

— Je ne pense pas. Qu'est-ce qui est arrivé?

— On se rendait vers notre endroit de pêche préféré et il s'est mis à pleuvoir à torrents. On était trempés jusqu'aux os. N'importe qui aurait fait demi-tour, mais pas oncle Jo. Nous avons continué jusqu'à destination et, lorsque nous sommes arrivés, nous avons sauté à l'eau tout habillés !

— Ta mère devait être furieuse, dis-je en riant.

— Non ! Elle ne l'a jamais su. Le soleil est apparu tout de suite après l'orage et nous étions complètement secs au retour. Et nous rapportions deux belles truites pour le repas.

— Oh ! nous voilà rendus ! dis-je, en pointant une grosse maison blanche.

Papa coupe le moteur de l'auto.

— Qu'est-ce que tu fais ? lui demandé-je. Tu n'as pas besoin de stationner.

— Je vais aller te reconduire jusqu'à la porte, dit papa. Comme ce sont de nouveaux clients, je vais les rencontrer et voir à qui tu as affaire.

Oh ! non ! Je n'arrive pas à le croire. Comme c'est humiliant ! En fait, je sais bien qu'il a raison, mais j'ai l'impression d'être traitée en bébé. Qui ferait une pareille chose ? Puis, je me rappelle une phrase de Christine lors d'une récente réunion. « Ce serait une bonne idée d'avoir un parent ou une autre grande personne avec nous lorsqu'on va rencontrer un nouveau client pour la première fois, avait-elle dit. Par mesure de sécurité. »

Bon. Que Christine et mon père aient raison ou non, je n'ai pas le choix. Papa descend de l'auto et nous montons ensemble les quelques marches du perron.

J'appuie sur la sonnette et nous attendons tous les deux. Je pense que je vais mourir de honte. Les Cormier vont croire que je ne suis qu'un bébé moi-même. Et s'ils décidaient que je suis trop jeune pour garder leurs enfants? Mais, dès que monsieur Cormier ouvre la porte, je sais que tout va bien. Il me sourit et me dit:

— Bonjour, Marjorie! Heureux de te voir. Je suis monsieur Cormier. Vous devez être monsieur Picard, dit-il en se tournant vers mon père. Je crois vous avoir déjà rencontré dans une réunion parents-maîtres. Voulez-vous entrer un moment? Ma femme n'est pas encore prête.

Au moins, il n'a pas l'air de penser que c'est bizarre de voir mon père m'accompagner jusqu'à la porte. Mais je ne tiens pas à ce que ce dernier entre pour une visite, si courte soit-elle. Et s'il se mettait à raconter toutes ces histoires sur oncle Jo? Je le regarde de côté et il me fait un petit signe.

— Non, je dois rentrer tout de suite, dit-il. Très heureux d'avoir fait votre connaissance. Amuse-toi bien, ma chérie, ajoute-t-il en souriant.

Finalement, il s'en va.

— Entre vite, Marjorie, fait monsieur Cormier. Mes petites filles meurent d'impatience de te connaître.

Je le suis dans la cuisine où trois fillettes à la tête bouclée sont en train de colorier autour d'une grande table. Elles me regardent timidement.

— C'est Marjorie, les filles, annonce leur père. Marjorie, je te présente Marguerite, Sophie et Catherine.

— Bonjour ! Qu'est-ce que tu dessines ? dis-je en m'approchant de Marguerite, l'aînée, et en regardant par-dessus son épaule. Quel beau dessin de cheval ! J'adore les chevaux, mais je ne serais jamais capable d'en dessiner de pareils.

— J'ai six ans, dit la petite toute radieuse. Sophie a quatre ans et Catherine, deux ans et demi. Et toi ?

— J'ai onze ans.

— Oh ! Tu es *vieille*. Mais tu sais quoi ?

— Quoi ?

— Ma mère est encore plus vieille que toi. Elle a trente-quatre ans !

Monsieur Cormier éclate de rire.

— Je ne sais pas si ta maman serait contente que tu dises son âge à tout le monde.

— Je le dis seulement à Marjorie. Et puis ça ne fait rien à maman.

— C'est vrai, dit madame Cormier en entrant dans la cuisine. Je suis fière de mon âge ! Bonjour, Marjorie ; je suis contente de te rencontrer. Les filles sortent à peine d'un vilain rhume et elles seront assez tranquilles. Mais ne te laisse pas avoir. Ces petites princesses peuvent te faire tourner en bourrique lorsqu'elles sont en forme.

— C'est ce que Tantine dit toujours, explique Marguerite.

— Tantine ? dis-je.

— Marguerite va t'en parler, j'en suis certaine, dit madame Cormier. Il faut qu'on parte. J'ai laissé toutes les informations nécessaires sur le bloc près du téléphone. Les petites vont faire la sieste car on veut qu'elles se remettent d'aplomb au plus tôt. Amusez-vous bien !

Après une ronde de baisers, les Cormier quittent la maison et je me retrouve seule avec les trois petites. La plus jeune se met à pleurer dès que la porte se referme.

— Veux maman, veux maman.

— Maman reviendra bientôt, lui dit Sophie avant que j'ouvre la bouche pour lui dire la même chose.

Ces petites ont l'air d'avoir l'habitude de prendre soin l'une de l'autre.

— Et elle nous apportera peut-être un cadeau, ajoute Marguerite.

Catherine cesse de pleurer.

— Parlez-moi de Tantine, dis-je aux petites.

— C'est notre *vraie* gardienne, dit Sophie.

— Elle est très, très amusante, dit Marguerite. Elle aime faire la folle.

— Vroum, vroum, fait Catherine.

— Qu'est-ce que c'est ? demandé-je.

— Elle dit vroum vroum, explique Marguerite, parce que Tantine se déplace à motocyclette !

— Oh ! là là ! Une tante à moto !

J'essaie d'imaginer une femme à l'air dur avec un blouson de cuir et des bottes noires.

— Est-ce de cette façon qu'elle s'est brisé une jambe ?

— Non, dit Marguerite. C'est son chien ! Il était si heureux de la voir qu'il s'est jeté sur elle et l'a fait tomber. Mais elle ne lui en voulait pas. Elle dit que ce n'est pas sa faute.

— Et si vous finissiez vos dessins. Ce sera bientôt l'heure de la sieste.

— Je n'aime pas les siestes, dit Marguerite.

— Hummm, dis-je. Je détestais les siestes moi aussi. Mais savez-vous ce qui est amusant ? Faire une fête du sommeil ! En avez-vous déjà fait ?

Marguerite secoue la tête, perplexe, mais intéressée.

— Comment on fait ?

— Avez-vous des sacs de couchage ?

Si elles n'en ont pas, des couvertures feront l'affaire, mais les sacs de couchage sont plus amusants.

— Oui, fait Sophie en hochant la tête. On en a eu pour Noël. J'ai des Barbie sur le mien.

— Et moi, des Calinours, ajoute Marguerite, et celui de Catherine a des bébés Muppet.

— Parfait, leur dis-je. Allons les chercher et les étendre dans le salon.

Une fois que les sacs sont bien installés, je leur dis :

— On a encore besoin d'une chose. Pouvez-vous deviner ce que c'est ?

— Des oreillers ! crie Sophie.

— Ce n'est pas vraiment ce que j'avais en tête, bien que ce soit une bonne idée. Je pensais plutôt à une collation. Lorsque mes amies et moi avons une fête du sommeil, nous prenons toujours une petite collation avant de dormir.

— Bravo ! s'écrie Marguerite.

Nous allons dans la cuisine où je remplis un bol avec des craquelins et nous revenons toutes au salon.

— Parfait, dis-je. Vous vous installez, vous

mangez quelques biscuits pendant que je vous raconte une histoire.

Je vais alors fouiller dans leur bibliothèque et je rapporte un livre. Avant même que j'aie fini la lecture, les trois petites sont profondément endormies.

J'entends alors un bruit étrange. Au début, je ne sais pas trop ce que c'est. Un oiseau? Catherine qui pleure? J'écoute plus attentivement, mais tout ce que je perçois, c'est la pluie qui tombe sur le toit. Finalement, je me rends compte que c'est un miaulement très faible.

Je trouve étrange que les Cormier ne m'aient pas dit qu'ils avaient un chat. D'habitude, les nouveaux clients nous préviennent s'ils ont des animaux. Mais comme je n'entends plus rien, je m'installe dans un fauteuil pour lire.

Puis, je l'entends de nouveau. Le même chat. Il continue de miauler de sa petite voix pathétique. J'ai l'impression, en l'entendant, que quelque chose ne va pas. Est-il malade, blessé? Je ne sais pas trop quoi faire.

— Chaton! Viens ici! fais-je à voix basse.

J'entends un autre miaulement, mais aucun chat n'apparaît.

Je me lève et me mets à déambuler dans la maison, en regardant sous les chaises et les fauteuils, ouvrant les penderies pour trouver

ce chat. Je l'appelle tout doucement en cherchant. Une fois que j'ai fait le tour du rez-
de-chaussée, le miaulement s'est arrêté. Le
chat ne s'est toujours pas montré, mais j'aban-
donne. Je retourne dans mon fauteuil ;
Marguerite est assise dans son sac de couchage et se frotte les yeux.

— Bonjour, est-ce que je peux me lever
maintenant ?

— Mais oui.

Je l'aide à rouler son sac de couchage et,
lorsque nous avons terminé, ses deux sœurs
sont aussi réveillées. Comme elles veulent se
remettre à leurs dessins, nous retournons dans
la cuisine. J'attrape un crayon et me mets à
esquisser une silhouette de chat sur un carton.

— Eh ! les filles, leur dis-je, où votre chat se
cache-t-il d'habitude ? Je l'ai cherché partout
cet après-midi.

Marguerite me regarde d'un air absent.

— Nous n'avons pas de chat, dit-elle avant
de retourner à ses crayons.

Pas de chat ? Mais qu'est-ce qui a bien pu
faire ces bruits ? Pas d'importance. Je suis
bien contente de garder les petites Cormier
et j'aurai tout le temps voulu pour résoudre
le mystère. Pour le moment, je commence à
dessiner oncle Jo avec papa (en petit garçon),

marchant avec leur canne à pêche sur l'épaule. Je ne peux pas faire les traits d'oncle Jo, mais je sais que demain, j'en serai capable. J'ai hâte de le voir.

CHAPITRE 5

Ce dimanche est un jour terne et gris. Je suis quand même de bonne humeur et m'habille avec entrain. Papa et maman iront chercher oncle Jo après le déjeuner.

Tout le reste de la famille est aussi excité que je le suis. Le déjeuner n'est pas un repas plus tranquille que les autres chez les Picard, mais ce matin, il est particulièrement bruyant. J'ai beau mettre mon bol de riz soufflé contre mon oreille, je n'arrive pas à entendre les petits cric-crac-croc habituels : ils sont noyés dans un déluge de bruits.

Je regarde papa et maman qui n'attendent pas habituellement que les décibels les rendent sourds avant d'intervenir. Mais aujourd'hui, ils sont tellement concentrés qu'ils élèvent le ton pour se faire entendre. Je saisis quelques bribes de leur conversation.

— Des plats simples, comme du poisson ou du poulet, dit papa.

— Oui, rien de trop épicé ou de trop riche. Je suis certaine qu'il nous fera des suggestions.

Hummm. Je ne pense pas que nous allons manger des pizzas très souvent, pas tant qu'oncle Jo sera avec nous. Mais je sais que maman avait raison en parlant d'adaptation.

Le bruit se fait de plus en plus infernal.

— Maman, dis-je en mettant mes mains sur mes oreilles, demande-leur de se taire !

Elle me regarde, étonnée.

— Qu'est-ce que tu as, Marjorie ?

Puis le vacarme semble soudain l'atteindre.

— C'est assez, tout le monde. Rangez tout.

Personne ne l'entend.

— HÉ ! crie papa. (Il obtient enfin l'attention de tous.) C'est fini ! Je sais que vous êtes excités par l'arrivée de mon oncle, mais essayons de garder les bruits sous le seuil du tremblement de terre, d'accord ? Il faudra qu'on soit un peu plus tranquilles quand on aura un visiteur. On ne veut pas le chasser, non ?

On entendrait une mouche voler.

— Je m'excuse, papa, fait Vanessa d'une toute petite voix.

— Oui, moi aussi, chuchote Bernard. On sera très calmes quand oncle Jo sera ici.

— Ce n'est peut-être pas nécessaire de chuchoter, dit papa. Oncle Jo sait qu'il arrive dans une maison remplie d'enfants. Il ne doit pas s'attendre à un silence total.

— Il faut y aller, lui dit maman en regardant sa montre. Es-tu sûre de pouvoir t'en tirer toute seule ? me demande-t-elle ensuite.

— Pas de problème.

Habituellement, mes parents prennent deux gardiennes (dont moi) pour s'occuper de mes frères et sœurs, mais comme ils ne seront partis qu'une heure ou deux, maman a accepté de me laisser la garde de toute la famille.

— On y va, fait papa en repoussant sa chaise. Vous allez vous occuper de tout ce désordre, n'est-ce pas ? ajoute-t-il en pointant les boîtes de céréales, maintenant vides, et les assiettes du déjeuner.

— Ne t'inquiète pas, papa, dis-je. La maison sera impeccable pour l'arrivée d'oncle Jo.

Dès que mes parents quittent la maison, je commence à nettoyer la cuisine. Je demande aux triplets de desservir la table, et à Margot et à Claire de la laver. Vanessa et moi rinçons la vaisselle avant de la mettre au lave-vaisselle. Nicolas range le lait et le beurre d'arachide. En peu de temps, tout est reluisant.

— Est-ce qu'on peut en parler, maintenant ?

demande Claire à voix basse à Margot.

— D'accord, dit cette dernière. Vous voulez voir la surprise que nous avons préparée ?

Sans attendre la réponse, elle pousse Claire et les deux courent à leur chambre. Elles en reviennent quelques minutes plus tard avec une longue enfilade de feuilles de papier pour imprimante d'ordinateur. Margot en prend un bout et Claire tient l'autre. BIENVENUE, ONCLE JO, est-il écrit en grosses lettres, le tout agrémenté de fleurs et d'arcs-en-ciel.

— C'est super ! s'exclame Nicolas.

Margot et Claire rayonnent de joie.

— Oncle Jo sera impressionné par votre bannière, dis-je.

En fait, le papier est parsemé d'empreintes de doigts et de taches de peinture, et certaines fleurs ressemblent à des champignons. Mais elles ont tellement travaillé que je ne veux pas les décevoir.

— Je crois qu'on devrait l'accrocher au-dessus de la porte d'en avant où il la verra en arrivant.

— Je vais aller chercher un marteau, lance Joël.

— Et moi l'escabeau, dit Antoine.

— J'apporte les clous ! ajoute Bernard. (Les triplets adorent le bricolage.)

— Et moi, qu'est-ce que je vais faire ? demande Nicolas.

— Tu peux m'aider à vérifier si la bannière est bien droite, dis-je. On ne sera pas trop de deux pour ça.

Nous nous groupons sur le balcon et les triplets se mettent au travail. Nicolas prend sa tâche au sérieux et donne des ordres sur la manière de pendre la bannière. Claire et Margot surveillent attentivement, inquiètes de voir leur œuvre se déchirer.

Une fois la bannière en place, je regarde ma montre toutes les cinq secondes. Je sais que mes parents seront là sous peu.

Je fais le tour de la maison, m'assurant que tout est en ordre. La maison ne peut pas être plus propre et je me dis que nous pouvons relaxer. Au moment où nous nous assoyons dans le salon, une voiture roule dans l'allée.

— Ils arrivent ! hurle Nicolas.

— Vanessa ! hurle Margot. Oncle Jo est là !

Nous nous dépêchons d'aller ouvrir la porte. Papa et maman sortent d'abord de l'auto. Je vois quelqu'un assis sur la banquette arrière. Papa lui ouvre la portière et oncle Jo descend péniblement en s'appuyant sur le bras de papa.

Oncle Jo est maigre et tout courbé. Ses cheveux sont blancs et il porte des petites lunettes rondes cerclées de métal. Il est vêtu d'un complet bleu foncé et d'une chemise blanche boutonnée jusqu'au cou. Il n'a pas de cravate, mais ça ne lui enlève rien de son air de dignité.

— Oncle Jo! crie Claire en se jetant sur lui.

Il recule, alarmé. Papa attrape Claire et la retient.

— Doucement, dit-il. Oncle Jo, je te présente la plus jeune de mes filles, Claire.

Oncle Jo ne rend pas la caresse que Claire tentait de lui donner.

— Bonjour, dit-il d'une voix grêle, en souriant faiblement et en tapotant la tête de Claire comme on fait pour un chien.

— Alors, c'est toi, mon grand-oncle, dit Claire. Mon grand, magnifique et fantastique oncle!

Ouf! Claire est vraiment vendue d'avance à oncle Jo. Mais ce dernier ne semble rien entendre de ce qu'elle dit. Il nous jette un regard et fronce les sourcils. C'est comme s'il n'avait jamais vu autant d'enfants.

— Viens rencontrer le reste de la famille, lui dit papa.

Il nous présente l'un après l'autre et oncle Jo nous fait à chacun un petit signe de tête. Il ne semble vouloir ni caresses ni baisers.

— Oh! Regardez ça! s'exclame maman en

apercevant la bannière. N'est-elle pas magnifique? Je parie que ce sont Claire et Margot qui l'ont faite.

— C'est pour oncle Jo, disent-elles d'une même voix.

— Avez-vous vu la bannière? répète maman pour oncle Jo.

Il la regarde rapidement et dit:

— Oui. Très belle.

Claire et Margot semblent un peu décontenancées, mais Claire n'est pas encore prête à abandonner. Elle tire oncle Jo par la main et l'entraîne vers la porte d'entrée.

— Viens voir ta chambre. On l'a préparée ensemble.

Oncle Jo se laisse guider, mais dès qu'il a passé le seuil, il se défait de la prise de Claire. Il se tourne ensuite vers maman.

— Pourrais-tu me montrer le lavabo? J'ai bien peur que les enfants aient les mains collantes.

Je regarde les mains de Claire: elles ne semblent pas plus sales que d'habitude.

Maman conduit oncle Jo à l'évier de la cuisine où il se lave les mains pendant plusieurs minutes. Les triplets l'observent, la bouche grande ouverte.

Papa arrive derrière moi.

— Apparemment, il fait ça assez souvent, dit-il calmement. Les infirmières m'ont dit qu'il ne pouvait supporter la saleté sur ses mains.

Papa semble un peu triste. On dirait qu'oncle Jo n'est plus celui de ses souvenirs d'enfant. Ce dernier regarde à peine la chambre que nous lui avons préparée avec amour; il demande simplement à Bernard de déposer sa valise près de son lit. Puis il nous dit qu'il aimerait faire une courte sieste et ferme la porte.

Nous nous efforçons de garder la maison dans le silence le plus complet pendant qu'il dort. Une fois levé, il vient nous rejoindre dans le salon. Il a toujours son complet et s'assoit le corps raide et le visage renfrogné.

Maman nous annonce enfin que le souper est prêt. Oncle Jo nous suit dans la salle à manger et prend place à table. Maman nous sert et je suis tout à fait déprimée à la vue de mon assiette : poulet sans peau, patates bouillies, chou-fleur. Pas de sauce, pas d'épices, juste une assiettée de choses blanchâtres. Ouach.

Oncle Jo mange lentement et mastique scrupuleusement chaque bouchée, sans parler. Et vous savez quoi? Personne ne parle. C'est sûrement le premier repas silencieux de toute l'histoire des Picard.

Nous allons au lit assez tôt. Le jour tant

attendu est terminé. Comment allons-nous tenir tout un mois, si ce n'est plus, avec oncle Jo à nos côtés ?

CHAPITRE 6

Lundi matin. Je suis heureuse de partir pour l'école. Oncle Jo n'a pas été plus joyeux au déjeuner qu'il ne l'était hier. Je pense à lui en marchant. Il me semble tellement lointain ; il ne montre aucun intérêt pour les choses qui l'entourent.

Après l'école, je me rends tout droit chez les Cormier. Je me sens un peu coupable de ne pas passer par la maison, mais à la vérité, je me sens soulagée. L'atmosphère est plus joyeuse chez les Cormier que chez moi, où un vieil homme est assis dans un coin comme un bloc de bois.

— Marjorie est ici ! crie Sophie qui m'ouvre à la seconde où je presse la sonnette. Devine quoi ? me demande-t-elle en souriant.

— Quoi ? (Je suis heureuse de me sentir si bien accueillie.)

— Tantine est ici !

Oh ! Est-ce que ça veut dire qu'ils n'ont pas besoin de moi aujourd'hui ? Mon sourire s'évanouit.

— Maman la conduit chez le médecin, mais elle nous fait d'abord une petite visite, explique Sophie.

Oh ! c'est mieux !

— Viens la voir, fait-elle en me tirant par la main.

Je me sens un peu nerveuse en suivant Sophie dans la cuisine.

— Bonjour, fait une voix quand j'entre dans la cuisine. Tu dois être Marjorie. Les filles sont folles de toi ! Je m'appelle Hélène, aussi connue sous le nom de Tantine.

Elle a l'air tout à fait normale, avec des cheveux bruns bouclés et des yeux bleus. Elle a aussi un énorme plâtre à la jambe droite.

— Bonjour ! dis-je à mon tour. J'aime aussi beaucoup les petites. Je suis contente de les garder, mais je suis désolée pour votre jambe.

— Merci, mais ce n'est pas trop mal. Je vais encore garder le plâtre quelques semaines et les médecins m'ont dit que je devrai faire attention quelque temps.

— Avez-vous réellement une moto ?

— Oui, me répond-elle. Je l'ai achetée l'an

dernier. C'est très amusant, mais il me faut être très prudente.

Je m'apprête à lui demander si elle accepterait de me faire faire un tour lorsqu'elle ira mieux quand madame Cormier arrive dans la cuisine.

— Il faut y aller, Hélène. Bonjour, Marjorie ! Marguerite va bientôt arriver de l'école et Catherine va se réveiller de sa sieste d'ici peu. Vous pourrez faire des biscuits ensemble. J'ai acheté une préparation que j'ai mise au frigo.

— Fantastique, dis-je. Euh, madame Cormier, avez-vous un chat ?

— Un chat ? me demande-t-elle, perplexe. Non, pas de chat. Pourquoi ?

— Oh ! pour rien !

Elle me regarde bizarrement, mais elle est trop pressée pour continuer la conversation.

— Au revoir, fait Tantine. Je suis heureuse de t'avoir rencontrée.

— Amusez-vous bien, dit madame Cormier en serrant Sophie dans ses bras. Je serai de retour dans quelques heures.

Nous les regardons s'éloigner.

— Marguerite t'avait dit que nous n'avions pas de chat, dit Sophie.

— Je sais. Je voulais vraiment m'en assurer.

Je me sens malheureuse de ne pas avoir cru

les petites, mais il fallait que je sache ce qui a pu causer ce genre de bruit.

— Voilà l'autobus de Marguerite, dis-je, heureuse de changer de sujet.

Marguerite saute de l'autobus.

— Bonjour, Marjorie ! Regarde ce que j'ai fait ! dit-elle en me tendant un livre relié avec un ruban.

— Montre-moi ça, dis-je en tournant les pages.

C'est l'amusante histoire d'une petite fille qui devient l'amie d'un dinosaure.

— C'est très beau, dis-je.

— Je le sais.

J'adore cette façon qu'ont les enfants de ne montrer aucune fausse modestie.

— Est-ce que je peux voir ? demande Sophie.

— Je vais te le lire plus tard, répond Marguerite.

— Pourquoi n'allons-nous pas à l'intérieur ? dis-je. Tu vas d'abord te changer et nous préparerons des biscuits.

— Des biscuits ! s'écrie-t-elle avant de courir à sa chambre.

Sur ces entrefaites, Catherine se réveille, un peu déçue de me trouver là, mais un verre de jus arrange les choses.

— Allons faire des biscuits ! dis-je aux trois fillettes.

Je sors la pâte du frigo et allume le four.

— Qui sait où sont les plaques à pâtisserie?

— Moi! crie Marguerite en ouvrant une porte d'armoire.

Je dépose les plaques sur le comptoir. J'installe ensuite Catherine dans sa chaise haute et les deux autres à la table. Je donne à Marguerite un couteau à beurre avec lequel je ne crains pas qu'elle se blesse et lui laisse découper des bouts de pâte. Je coupe le reste et en donne des morceaux à Catherine et à Sophie. Elles les disposent en ligne sur une plaque à pâtisserie.

— Je vais faire un biscuit géant, dit Sophie en collant plusieurs morceaux ensemble.

Catherine tripote les bouts de pâte jusqu'à ce qu'ils prennent une teinte grisâtre, puis elle les met soigneusement au bout de la plaque. Elle est resplendissante de joie.

— Bon travail, dis-je, même si ses biscuits ont l'air dégoûtants.

C'est alors que j'entends le miaulement! Les petites l'entendent elles aussi. Nous nous arrêtons toutes les quatre et écoutons attentivement.

— On dirait vraiment que c'est un chat, murmure Marguerite.

— Chaton! crie Catherine.

— Allons le trouver, dit Sophie.

— Je parie qu'il est sous un lit, dit Marguerite. Cherchons-le.

Je ferme le four et remets les plaques à pâtisserie dans le frigo. Pour le moment, il semble que le chat intéresse plus les petites que les biscuits.

— D'accord, dis-je. Commençons par le premier étage, puis nous monterons.

Il me semble répéter ce que j'ai fait la première fois que je suis venue garder les petites. Mais ces dernières connaissent quelques cachettes que j'ignore et elles m'y entraînent sans que nous y trouvions de chat.

Le miaulement se poursuit pendant toutes nos recherches. C'est un cri très très faible, comme si le chat avait peur, était affamé ou malade ou les trois.

Nous grimpons au deuxième et cherchons partout. Pas de chat.

— Il n'y a pas de chat ! s'exclame Marguerite. Ça ne peut être qu'un fantôme. La maison est peut-être hantée !

— Chut, lui chuchoté-je, tu vas faire peur à tes sœurs. Si on continue de chercher, nous allons trouver un chat bien vivant.

Je fais comme si j'étais sûre de moi, mais l'idée de Marguerite me donne la chair de poule. De plus, comme nous n'avons même pas trouvé un seul poil de chat, l'idée d'un fantôme n'est pas si absurde.

Soudain, je remarque qu'il commence à faire plus sombre. J'allume vite la lumière. Une fois rendues dans la chambre de Marguerite, nous nous assoyons sur son lit. Le miaulement continue, et même plus fort que lorsque nous étions au premier.

— Ça va, dis-je. Établissons un plan. Nous savons que nous voulons trouver ce chat. Nous avons fait le premier, puis le deuxième sans le trouver, pas vrai?

Très sérieuses, les petites hochent la tête. Elles sont vraiment prises par cette chasse au chat.

— Alors, continué-je, nous devons penser à des endroits où nous n'avons pas cherché. Est-ce qu'une de vous peut penser à un endroit que nous n'avons pas vu?

Silence.

— Le grenier, chuchote Marguerite après une petite pause.

— Quoi?

— Le grenier. Nous n'y sommes pas encore montées.

— Avez-vous la permission d'y aller?

— Oui, pourvu que des adultes nous accompagnent, répond Marguerite.

J'imagine que je peux faire figure d'adulte dans le cas qui nous occupe.

— Nous avons besoin d'une lampe de poche, dit Marguerite. Il n'y a pas de lumière là-haut.

Nous descendons chercher une lampe de poche dans la cuisine et nous revenons jusqu'à la porte du grenier. Je tourne la clé qui se trouve déjà dans la serrure et la porte s'ouvre sur un petit escalier. Sophie et Marguerite montent les premières et je les suis en prenant Catherine dans mes bras. Le grenier est chaud et sent le moisi. J'adore cette odeur ; je ferme les yeux et respire à fond.

— Oups ! dis-je en trébuchant sur une grosse malle.

Je dépose Catherine par terre et promène la lumière de ma lampe autour de la pièce. Une petite fenêtre, des murs inclinés et des tas de boîtes et de meubles.

— C'était tout là quand nous avons emménagé, me dit Marguerite. Papa dit toujours qu'il va nettoyer, mais il ne trouve jamais le temps.

Une vieille table à laquelle manque un pied attire mon attention.

— C'est bien dommage qu'une…

Au même moment, une forme blanche passe sous la table comme un éclair. Sophie pousse un cri. Catherine est tellement surprise qu'elle tombe assise par terre. Les yeux de Marguerite deviennent ronds comme des soucoupes.

— Un chat ! s'écrie-t-elle en s'élançant à sa poursuite.

Le chat s'échappe dans l'escalier, Marguerite derrière lui. Je lui emboîte le pas avec Catherine dans les bras, tout en tenant la main de Sophie.

— En bas ! Vite ! crie Marguerite du premier.

Je descends avec les deux autres pour trouver Marguerite devant la porte fermée de la buanderie.

— Il est là-dedans, dit-elle. Je l'ai capturé.

J'entrouvre la porte et j'aperçois un petit chat blanc avec de grands yeux de couleur argent. Il me regarde, terrifié, du coin où il se terre. J'en ai le frisson. Les petites regardent à leur tour.

— Bonjour, Fantômas, dit Marguerite. On ne te fera pas de mal.

— Fantômas, dis-je. C'est un nom qui lui va très bien.

— Il a peut-être faim ? fait remarquer Sophie.

— Des biscuits ! crie Catherine.

— Je ne crois pas qu'il aime beaucoup les biscuits, mais j'ai vu autre chose qui lui plairait, dis-je en me dirigeant vers la cuisine.

Je sors du frigo une assiette de poulet froid que je coupe en petits morceaux. Je remplis ensuite un bol d'eau et nous retournons à la buanderie. Je glisse les plats par la porte entrouverte que je referme vite.

— Je me demande pourquoi il se cachait là-haut? Et comment il fait pour entrer et sortir? dis-je aux fillettes.

— Allons voir, suggère Marguerite.

Nous retournons alors dans le grenier. Je promène encore le faisceau de la lampe le long des murs et je découvre soudain une ouverture au bas d'une lucarne.

— Il a dû grimper par le gros arbre près de la fenêtre du salon pour sauter ensuite sur le toit, dis-je aux petites.

— Il doit aimer notre grenier parce qu'il est chaud, dit Marguerite. Et aussi, il est à l'abri des chiens.

— C'est vrai, dis-je. Il a dû survivre en mangeant des souris et d'autres petits animaux qu'il a attrapés à l'extérieur.

— Ouach! fait Sophie.

— Eh bien, tu sais, Sophie, les chats aiment les souris comme toi tu aimes les biscuits. Parlant de biscuits, il faudrait aller terminer les nôtres si vous voulez avoir un dessert, ce soir.

Lorsque madame Cormier revient, les petites lui font rencontrer leur Fantômas.

— Est-ce qu'on peut le garder ? supplie Marguerite.

— S'il te plaît ? ajoute Sophie.

— Garder minou ? demande Catherine.

— Je pense que oui, dit madame Cormier, puisqu'il vit déjà ici. On le fera examiner par le vétérinaire pour savoir s'il a reçu tous les vaccins nécessaires. Mais nous devons d'abord nous assurer qu'il n'appartient à personne.

— Vous pourriez mettre une petite annonce dans le journal local, dis-je.

Madame Cormier semble apprécier cette suggestion et lorsque je m'en vais, quelques minutes plus tard, elle et les petites travaillent à la rédaction de l'annonce.

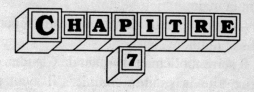

CHAPITRE 7

Mes parents vont au concert, ce soir, et, comme tous mes frères et sœurs seront à la maison, elle a retenu Claudia pour venir garder avec moi. Claudia a bien hâte de rencontrer oncle Jo, mais elle s'est vite rendu compte que ce n'est pas véritablement un plaisir.

Claudia pensait déjà à Mimi avant d'arriver chez moi. Mimi était sa grand-mère et a habité avec la famille jusqu'à sa mort assez récente. Je crois que la blessure de mon amie est encore très vive.

Claudia est un peu surprise lorsque je lui présente oncle Jo. Elle s'attendait à voir l'homme jovial et chaleureux que mon père nous avait décrit. J'avais répété aux membres du Club quelques-unes des histoires loufoques que papa nous a racontées à son sujet et je n'ai pas encore réussi à leur dire la vérité sur ce qu'il est réellement.

— Bonjour! dit Claudia lorsqu'elle voit oncle Jo installé au salon. Vous devez être oncle Jo. Je m'appelle Claudia, ajoute-t-elle en tendant la main.

— Je m'appelle monsieur Picard, répond-il sans le moindre sourire.

Il serre mollement la main de Claudia, puis retire vite la sienne, comme s'il avait peur qu'elle soit contaminée.

— Je suis désolée… dit-elle. Je ne voulais pas…

Il coupe court aux excuses de Claudia, en marmonnant:

— Les jeunes d'aujourd'hui. Aucun respect pour les aînés.

Il semble se parler à lui-même plus qu'à mon amie. Cette dernière est toute bouleversée. Je l'entraîne dans la cuisine.

— Ne t'occupe pas de lui, dis-je. Il est juste…

— C'est un vieux sans-cœur! éclate-t-elle, en mettant aussitôt sa main devant sa bouche. Je suis désolée, Marjorie, dit-elle ensuite. C'est la surprise. Je suis certaine qu'il est très gentil.

— Je n'en suis pas si sûre, marmonné-je.

Mais nous laissons tomber notre conversation puisque mes parents sont sur le départ et que c'est déjà le temps de préparer le souper.

— Alors, fait Claudia en se frottant les

mains, qu'est-ce qu'on sert chez les Picard, ce soir? Des sandwichs au saucisson et à la sardine? Du spaghetti à la sauce au chocolat?

Claudia aime bien plaisanter sur nos fantaisies alimentaires.

— Désolée, Claudia. Le menu de ce soir est moins exotique : fèves germées, navets en purée, riz blanc sans beurre et steaks minute bien cuits.

— Quoi? Tu blagues!

— Malheureusement non. C'est comme ça qu'on mange à longueur de semaine. Maman dit qu'elle reste éveillée une partie de la nuit pour penser à des menus qui plaisent à oncle Jo.

— Il *aime* ce genre de nourriture? demande Claudia.

— Je n'en suis pas certaine; il ne dit jamais rien. Pas de plaintes, pas de compliments. Comment savoir s'il aime ça?

— En tout cas, je me doute de ce que ta famille doit penser d'avoir à se nourrir de la sorte!

Dès que Claudia et moi avons terminé la préparation du repas, mon amie lance :

— Le souper est prêt!

Les triplets arrivent à la queue leu leu et Nicolas court par-derrière. Margot et Vanessa sortent de la salle de jeux où elles faisaient leurs devoirs. Chaussée de vieux souliers à talons hauts et enveloppée d'une cape faite dans une vieille couverture, Claire fait une entrée remarquée.

Oncle Jo arrive le dernier, marchant péniblement, comme s'il n'en avait pas l'habitude. Il regarde autour de lui et dit: «Bonsoir» en faisant un petit signe de tête à Claudia. Il ne semble pas la reconnaître, mais il tire sa chaise, s'assoit et croise ses mains sur ses genoux.

Claudia me regarde et je hausse les épaules. Je donne une assiette toute préparée à oncle Jo qui, sans me remercier ni attendre que les autres soient servis, se met à manger. Il mastique soigneusement chaque bouchée en silence.

Tous les autres sont aussi assez tranquilles. En fait, personne ne mange réellement. Nicolas repousse les fèves germées sur le bord de son assiette et les cache sous la purée de navets. Antoine regarde son bœuf avec un air de dégoût. Claire ne touche absolument pas à son assiette et se concentre sur son verre de lait.

— Arrête ça! crie soudain Margot.

— Chut, Margot, dis-je. Tu oublies que nous sommes à table.

Papa et maman nous ont demandé de garder une attitude civilisée à table tant que nous aurons un visiteur.

— Je le sais, reprend Margot, mais Nicolas

n'arrête pas de me pincer et il m'a volé ma chaussure !

— Nicolas, dis-je en le regardant sévèrement, est-ce vrai ?

Nicolas ne tient pas compte de ma question et, en se penchant vers Joël, lui chuchote quelque chose à l'oreille. Joël pouffe de rire ; des grains de riz s'échappent de sa bouche et atterrissent tout près de l'assiette d'oncle Jo qui se lève subitement.

— C'est plus que je ne peux en prendre ! grogne-t-il.

Nous le regardons quitter la salle à manger, médusés. Claudia se tourne vers moi.

— Il est un peu susceptible, tu ne trouves pas ? dit-elle.

— Susceptible ? Qu'est-ce qui te fait croire ça ? demandé-je avant d'éclater de rire.

Mes frères et mes sœurs suivent vite mon exemple. C'est le fou rire général. Comme ça fait du bien !

— Quelqu'un veut des sardines ? dis-je en me levant de table, mon assiette à la main.

Nous partons en file vers la cuisine. Je ramasse tout ce qui est récupérable dans les assiettes de chacun, m'assurant qu'il n'y a pas de gaspillage et que maman pourra en faire un plat quelconque.

— Servez-vous, dis-je ensuite en ouvrant la porte du frigo.

— Penses-tu que c'est correct? me demande Claudia.

— Maman ne me blâmera sûrement pas pour ça.

Lorsque tout le monde a trouvé nourriture à son goût, nous nous mettons à bouffer et à plaisanter ensemble. Margot nous ramène vite à la réalité.

— Pourquoi oncle Jo est-il si triste? demande-t-elle. J'aimerais qu'on puisse l'aider.

Je ne trouve rien à répondre. J'ai honte que ma petite sœur soit plus sensible que moi.

— C'est difficile quand on est vieux, explique Claudia. Même Mimi avait parfois des sautes d'humeur. Et puis, à cet âge-là, il y a des jours où notre corps nous fait souffrir davantage, où on n'arrive pas à se concentrer aussi facilement, où on oublie carrément des choses. Les changements peuvent nous rendre confus et sans défense.

Je vois soudain les choses autrement et j'essaie de me mettre à la place d'oncle Jo. J'avais surtout pensé qu'il était difficile pour notre famille de l'avoir comme visiteur, mais je me rends compte maintenant comment ça doit l'être pour lui aussi de vivre avec la tribu des Picard.

— Qu'est-ce qu'on peut faire? demandé-je à Claudia.

Comme elle a vécu longtemps avec Mimi, j'imagine qu'elle sait comment s'y prendre avec les personnes âgées.

— Je pense qu'il a besoin de temps pour s'habituer à vous, dit-elle. Donnez-lui la chance de s'adapter. Il n'est pas nécessaire d'agir comme des enfants parfaits, mais ne vous croyez pas personnellement visés quand il manifeste quelque résistance à s'intégrer à votre genre de vie.

— Nous avons une idée! s'exclame Claire qui marmonne depuis quelques minutes avec Margot. Nous allons lui apporter du dessert et lui présenter notre pièce de théâtre. Ça va peut-être le rendre heureux.

Je regarde Claudia. Elle hausse les épaules et hoche la tête.

— Ça ne peut pas lui faire de mal.

— Ça va! dis-je.

J'ai vu la *pièce* qui est un mélange du Petit Chaperon rouge, de Blanche-Neige et de Hansel et Gretel.

Je découpe un morceau de gâteau et le mets dans une assiette que Claire emporte. Je tends un verre de lait à Margot. Je les suis dans le salon où oncle Jo a repris place dans *son* fauteuil.

— Nous t'avons apporté quelque chose, dit Claire.

— Quoi ? demande oncle Jo, étonné.

— Tu veux du gâteau et du lait ? demande Margot.

Il accepte les deux sans dire un mot, mais il ne bougonne pas non plus. Je pense même apercevoir un léger sourire.

— Nous allons maintenant te jouer notre pièce. Tu seras l'auditoire.

— Pour dire la vérité… commence-t-il.

— Parfait, prête ? dit Margot à Claire.

Elles courent à la salle de jeux où elles se costument et choisissent quelques accessoires, puis la pièce commence.

Je ne crois pas très fort que le plan de mes deux petites sœurs va marcher. Je retourne dans la cuisine où Claudia a entrepris de tout nettoyer avec Vanessa, Nicolas et les triplets.

— Merci pour tes conseils, dis-je à mon amie. Au sujet de la vie avec des vieillards. J'aimerais vraiment qu'oncle Jo aime son séjour ici. Je vais essayer d'être patiente.

Une fois la cuisine propre, Claudia et moi allons regarder par la porte du salon. Nous reculons aussitôt, une main sur la bouche pour étouffer nos rires.

Toutes à leur représentation, Claire et

Margot vont et viennent à travers la pièce sans s'être aperçues qu'oncle Jo est tombé endormi, le menton sur la poitrine.

Claudia me fait cependant remarquer qu'il y a eu un petit progrès : l'assiette et le verre de lait sont vides sur le bras de son fauteuil.

— Au moins, il a mangé son gâteau !

J'ai toujours hâte de retrouver les petites Cormier. Marguerite, Sophie et Catherine sont trois des fillettes les plus gentilles que je connaisse. Je dois aussi avouer que je suis un peu soulagée de quitter la maison et oncle Jo.

Je dois dire qu'habituellement, j'oublie oncle Jo dès que je mets le pied chez les Cormier. Aujourd'hui, ce n'est pas différent. En ouvrant la porte d'entrée, j'entends des rires qui proviennent du salon. Je me montre la tête et je leur dis :

— Bonjour, les filles !

— Tu sais quoi ? demande Marguerite lorsque les trois ont cessé de me crier la bienvenue. Nous jouons une pièce de théâtre.

Oh ! non ! Pas une autre. Est-ce que je n'en ai pas eu assez à la maison ?

— Fameux ! dis-je en essayant de paraître sincère. Qui joue dedans ?

— Toutes nos poupées, dit Sophie. C'est l'histoire d'une dame qui a des millions de bébés.

Catherine s'approche de moi, les bras remplis de poupées. Elle les dispose sur mes genoux, me les nommant au fur et à mesure.

— Barbie B., dit-elle, Nancy et Martha.

— Je suis heureuse de rencontrer tes bébés.

Madame Cormier entre dans le salon en boutonnant son manteau.

— Je ne veux pas que tu partes ! crie soudain Sophie qui jette ses bras autour des genoux de sa mère.

Je suis étonnée ; elle ne s'est jamais comportée de la sorte.

— Elle est peut-être fatiguée, dit madame Cormier. Sa sieste a été assez courte. Chérie, fait-elle en se tournant vers la petite, je dois absolument partir et tu ne peux pas venir avec moi. Vous allez vous amuser avec Marjorie.

C'est l'heure du vieux truc de gardienne que j'ai appris au Club.

— Sophie, j'ai apporté quelque chose de spécial aujourd'hui. Des jouets que tu n'as jamais vus !

Je vais alors chercher ma trousse à surprises

que j'ai laissée dans l'entrée et je la tends à Sophie. Elle lâche aussitôt sa mère et court vers moi. Madame Cormier me sourit et me salue de la main en se dirigeant vers la porte sur la pointe des pieds.

Ça ne rate jamais.

Sophie s'assoit sur le plancher où elle se met à fouiller dans la boîte que je lui ai donnée. Les trousses à surprises sont vraiment toute une trouvaille : chaque membre du CBS en a une. Elles contiennent des jeux, des livres et des jouets et nous les apportons quelquefois chez nos clients.

Catherine et Marguerite rejoignent leur sœur. Elles ont oublié leur pièce de théâtre et je ne peux pas dire que j'en suis fâchée.

— J'aime bien ce livre, Marjorie, dit Marguerite. Est-ce que tu peux me le donner ?

— Je ne peux pas parce que je garde d'autres enfants qui l'aiment bien, eux aussi. Mais je te promets de l'apporter chaque fois que je viendrai vous voir.

Catherine joue avec un petit éléphant rose qu'elle a trouvé au fond de la boîte.

— Bobi, le nomme-t-elle.

— Parfait, dis-je. Bobi l'éléphant. Il n'a jamais eu de nom avant.

Sophie se coiffe d'un diadème doré.

— Je suis une princesse, dit-elle. Princesse Aurore, précise-t-elle en se mettant à danser au centre de la pièce.

C'est à ce moment précis que j'entends un miaulement.

— Fantômas ! dis-je. (Je l'avais oublié.) Comment va-t-il ?

— Il va bien, me dit Marguerite en m'entraînant vers la buanderie. Attention, ajoute-t-elle en mettant la main sur sa bouche. Il se sauve dès qu'on ouvre la porte. Puis il faut le chercher partout et le rattraper.

— Eh bien, laissons-le seul.

— Non, non ! crie Sophie. Je veux te le montrer.

— Je vais ouvrir la porte un tout petit peu et tu regarderas vite, dit Marguerite, vaincue. Tu verras comme il a grossi.

Marguerite ouvre la porte, à peine, et le chat sort en flèche de la pièce.

Impossible de le poursuivre, il est trop rapide.

— Il va aller se cacher ailleurs et nous le retrouverons, dit Marguerite.

Nous attendons quelques minutes, puis nous nous mettons en chasse.

— Viens ici, minou, minou, minou, dis-je.

Marguerite est allée chercher une boîte de

nourriture sèche et l'agite tout en parcourant la maison. Mais Fantômas ne tombe pas dans le piège. Même après avoir passé la maison au peigne fin, nous n'arrivons pas à lui voir le bout de la queue.

— Je sais ! Il doit être au grenier, dit Sophie. Je vais aller chercher la lampe de poche.

La porte du grenier est fermée et le chat n'a donc pas pu monter là-haut, mais je ne veux pas que la petite se sente ridicule si nous ne tenons pas compte de sa suggestion.

Armées de lampes de poche, nous grimpons l'escalier une autre fois. Je promène le faisceau de lumière dans les moindres recoins. Ai-je déjà dit que j'adorais les greniers ? Il n'y a rien que j'aime mieux que fouiller dans des tas d'objets poussiéreux et moisis, cherchant des trésors oubliés. De vieux vêtements, d'anciennes gravures, des meubles antiques, toutes ces choses me racontent une histoire. Ce grenier n'est pas le mien, bien sûr, mais je ne peux pas m'empêcher de jeter un œil partout pendant que les petites cherchent leur chat.

J'aperçois un vieux mannequin se tenant silencieusement dans un coin. La femme qui l'a utilisé devait être très mince ; je pourrais faire le tour de sa taille avec mes deux mains. Un chapeau avec des roses de tissu fané repose sur sa tête. Une étagère remplie de livres me donne des fourmis dans les doigts, mais je me retiens. Finalement, je dis aux petites :

— Je ne pense pas que nous allons le trouver ici. Retournons en bas et prenons une bonne collation.

Marguerite et Sophie n'ont pas très envie de descendre, mais le visage de Catherine s'éclaire en entendant le mot collation.

— Jus de pomme ? fait-elle.

Je la prends dans mes bras et je me dirige vers l'escalier lorsque ma lampe éclaire quelque chose que je n'avais pas vu avant.

— Une vieille boîte à chapeau ! Je me demande s'il y en a un dedans ?

Je pose Catherine par terre et ouvre la boîte rayée rose et blanc. Ce qu'elle contient est encore mieux qu'un chapeau.

— Des lettres ! s'écrie Marguerite.

Je prends le paquet de lettres entouré d'un ruban bleu. Les enveloppes sont jaunies et cassantes. L'écriture est pâle.

— Ce sont vraiment de très vieilles lettres, dis-je.

— Apporte-les en bas et lisons-les ! dit Marguerite.

Je n'ai pas besoin de me faire tordre le bras pour accepter.

— D'accord, allons-y !

À la lumière de la cuisine, l'écriture est beaucoup plus claire. Les lettres sont toutes adressées à un certain Samuel Graham, et l'adresse de retour est : « Christian Graham, 94, rue de l'Épée ». C'est l'adresse des Cormier ! Un petit papier s'échappe du paquet. « *Antoinette,* y est-il écrit (je lis à haute voix pour les petites), *je crois que tu aimerais avoir les lettres de notre oncle Christian, puisque tu habites maintenant dans sa maison. Amitiés, ton cousin Samuel.*

— Bon, dis-je en commençant à comprendre la situation. Ce Christian Graham habitait cette maison il y a très très longtemps. Et lorsqu'il vivait encore ici, il a écrit ces lettres à son neveu, Samuel. Puis, plus tard, une nièce à lui, Antoinette, est venue habiter ici. C'est à elle que Samuel a remis les lettres.

— Alors, on doit parler de notre maison ! s'exclame Marguerite.

— Peut-être, dis-je. Veux-tu en lire une ?

Marguerite hoche vivement la tête, mais en sortant une lettre de son enveloppe, elle s'aperçoit que l'écriture fort ancienne est trop difficile à déchiffrer.

— Veux-tu que je la lise pour toi ? demandé-je. Tout le monde l'entendra en même temps.

Marguerite me tend la lettre et je commence

la lecture. *Cher Samuel, le temps est beau et doux. J'ai aperçu des merles sur la pelouse d'en avant et ils m'annoncent le printemps. Un visiteur s'est présenté sur le pas de ma porte, ce matin : un petit chat blanc tout maigre.*

— Un chat ! s'exclame Marguerite.

Je lui souris et continue ma lecture.

« *Comme je vis tout seul, j'ai recueilli le chat et je vais en prendre bien soin.*

La lettre se poursuit avec des détails un peu ennuyants au sujet du toit de la remise que Christian Graham doit réparer pendant l'été. Je mets la lettre de côté et en prends une autre, qui date de quelques mois plus tard. « *Cher Samuel,* », lis-je. Les petites me regardent avec des yeux ronds comme des soucoupes, impatientes d'en apprendre plus sur leur chat. « *Les arbres ont commencé à perdre leurs feuilles et Tom (c'est le nom que j'ai donné à mon chat) essaie de les attraper au vol. Il est devenu un bel animal élancé, et c'est mon meilleur ami.* »

— Encore ! crie Marguerite en tapant des mains.

Sophie saute sur place et Catherine, qui ne comprend probablement pas, sourit tout simplement. Je continue la lecture. Les lettres sont très intéressantes, mais les meilleures parties sont celles où il est question du chat. Il semble que Christian Graham ait été très solitaire avant d'avoir son chat. Il adorait cet animal et on voit bien qu'il le gâtait terriblement. *« J'ai donné à Tom du foie de poulet pour souper. Je me suis réservé le reste du poulet rôti. Il en raffole tellement, qu'il mange jusqu'à ne plus pouvoir bouger… »*

Je commence à aimer Christian Graham, et Tom aussi. Je suis donc très bouleversée lorsque j'apprends la mort du chat. *« … une maladie qui l'a rendu maigre comme un pic avant de lui enlever la vie. »* Je vois que les petites sont tout aussi malheureuses que moi et j'essaie de faire le tri des phrases avant de leur en faire la lecture. Après la mort de Tom, Christian Graham ne fut plus jamais le même. Il croyait sans cesse entendre le chat miauler, *« pleurer comme si son cœur était brisé… »* — et ces plaintes semblaient venir du grenier !

Un frisson me court dans le dos en lisant ces derniers mots. Est-ce le fantôme de Tom qui serait revenu ? Ou est-ce que Christian Graham était devenu un peu fou ?

— Il a l'air plutôt bizarre, dit Marguerite en regardant une vieille photo tombée d'une lettre.

Elle me montre la photo d'un vieil homme

aux cheveux blancs qui porte une petite cicatrice sous l'œil gauche.

— Un coup de griffe de son chat, je parie, dit
aussitôt Marguerite.

Au même moment, j'entends un miaulement
qui vient d'en haut! Mes cheveux se dressent
sur ma tête, mais je prends mon courage à deux
mains et cours au grenier. C'est peut-être notre
Fantômas qui y est resté enfermé.

Il n'y a pas l'ombre d'un chat dans le grenier. Mais il se passe quelque chose d'étrange.
Après être descendue du grenier, je jette un œil
dans la buanderie et y aperçois Fantômas, installé bien confortablement sur une pile de serviettes. Il a été là tout ce temps.

CHAPITRE 9

Vendredi

Des chats, des chats, encore des chats. Est-ce que tout le monde est devenu fou ? Il y a d'abord Marjorie et le chat des Cormier, puis les vieilles lettres qui parlent encore d'un chat. Et alors que je commence à en avoir ras le bol, je vais garder chez les Cousineau et Mélodie se transforme elle-même en chat. Avez-vous déjà entendu parler d'humains-chats et d'humains-chiens ? Eh bien, j'ai décidé d'être un humain-chien. Fini pour moi, les chats ! Ne te fâche surtout pas, Anne-Marie, j'aime bien Tigrou, mais uniquement parce qu'il est sage. Je ne veux plus entendre un seul « miaou » de toute ma vie !

Christine garde les Cousineau. Ils sont devenus de bons clients du Club depuis qu'ils ont emménagé dans le quartier de Christine, et cette dernière les garde plus souvent que nous puisqu'elle habite juste en face.

La soirée commence calmement. Christine emmène Karen, car sa petite sœur et Mélodie ont le même âge et sont devenues de bonnes amies. Mélodie ouvre la porte avant même que Christine ne sonne.

— Je vous ai vues arriver ! crie Mélodie. À quoi on va jouer ? demande-t-elle à Karen.

— On va être des sirènes et la fontaine sera notre piscine ! dit Karen.

Oui, il y a bien une fontaine dans le hall d'entrée des Cousineau ! La plupart des maisons du quartier de Christine sont de grands manoirs très cossus. Celui qu'habitent les Cousineau est l'ancienne demeure des Demontigny. Cette fontaine qu'ils avaient fait construire a la forme d'un poisson qui se tient en équilibre sur sa queue. Les Cousineau l'ont trouvée amusante et l'ont fait fonctionner. Mais voilà que la petite Aurore a tout de suite été prise de panique en voyant l'eau jaillir de la bouche du poisson, et la carrière de la fontaine s'est arrêtée là.

En plus de la fontaine, cette maison comprend deux courts de tennis et une piscine.

Mais la suggestion de Karen n'a pas l'air d'enchanter Mélodie.

— Je suis fatiguée d'être toujours une sirène, dit-elle. Faisons autre chose.

— Pourquoi on ne ferait pas le jeu des «Jolies Dames»? Il y a longtemps qu'on n'a pas joué à ça.

Christine se rappelle qu'elles ont fait ce jeu il n'y a pas plus d'une semaine, mais ne dit rien.

— Oui! J'ai un très beau chapeau que maman m'a donné. Viens, je vais te le montrer!

Elles courent au deuxième dans la chambre de Mélodie. Le jeu des «Jolies Dames» a été inventé par Amanda Demontigny, qui était une des meilleures amies de Karen avant de déménager. Christine sait que les petites seront occupées pendant un bon bout de temps, aussi va-t-elle voir Benoît.

— Salut! fait-elle en passant la tête par la porte de sa chambre.

Benoît est couché sur le dos au beau milieu du plancher. Il tient un hélicoptère dans une main et un avion dans l'autre.

— Pan! fait-il. Blam-blam-blam-BLAM!

Il est dans un autre monde; il n'a même pas entendu Christine.

— Benoît! répète-t-elle. Hou hou!

Le garçon arrête de faire ses bruits et la

regarde comme s'il se demandait ce qu'elle lui veut.

— Je venais voir comment tu allais, explique Christine.

— Ça va, dit-il.

Il veut tout simplement qu'on le laisse terminer son duel aérien.

— D'accord, fait Christine. N'oublie pas qu'on mange bientôt.

Benoît hoche la tête sans interrompre ses bruits. Christine se rend ensuite dans la chambre d'Aurore.

— Doudou ! entend-elle en ouvrant la porte.

La petite vient de s'éveiller et veut sa couverture qui est tombée de son lit.

— Voilà ta doudou, dit-elle en tendant les bras. Est-ce que tu veux te lever ?

Aurore est une enfant facile, qui ne ménage pas ses grands sourires. Christine change sa couche (les bébés sont presque toujours mouillés, ou pire, lorsqu'ils se réveillent de leur sieste) et l'habille d'une salopette propre.

— Allons retrouver les autres en bas et nous préparerons le souper. As-tu faim ?

— Manger ? fait Aurore en tapant dans ses mains.

Christine descend et retrouve les deux filles complètement prises par leur jeu. Mélodie porte un tutu rose, des chaussures à talons hauts argent, un voile de mariée et un collier à brillants. Karen a une longue cape rouge, qui sert habituellement aux pièces du Chaperon rouge, et une baguette magique. La baguette est terminée par une étoile rose à paillettes.

— Oh! fait Mélodie en se regardant dans un miroir, je suis une très très jolie dame.

Christine se retient pour ne pas pouffer de rire. C'est la partie la plus importante du jeu. Christine en connaît toutes les répliques.

— Voulez-vous du thé? demande Karen qui s'admire aussi dans le miroir.

— Mais certainement, dit Mélodie. Les jolies dames prennent toujours le thé.

Christine applaudit les deux fillettes, ce qui est un exploit en soi puisqu'elle porte toujours Aurore.

— Très belles tenues, les filles! Et maintenant, est-ce que ces jolies dames sont prêtes pour souper?

— Presque prêtes, dit Karen. Nous devons encore répéter nos rôles.

— Bon. Qui voudra m'aider à préparer le repas?

— Moi! crie Karen, qui adore le travail de cuisine.

— Miaou! fait Mélodie.

— Quoi ? demande Christine.

— Miaou, répète Mélodie qui enlève son costume de jolie dame. J'en ai assez d'être une jolie dame. À partir de maintenant, je serai un chat.

— Sat ! fait Aurore avec un air apeuré.

— Ne t'inquiète pas, Aurore, dit Mélodie. Je ne serai pas un chat qui fait peur. Je serai une Mélodie-chat !

Christine se rappelle qu'Aurore a une peur terrible des chats, mais le bébé semble rassuré par l'explication de sa sœur.

— Rrrrrr, ronronne Mélodie.

— Les chats m'ennuient, dit soudain Karen en ajustant sa cape. Tu ne veux même pas être une jolie dame au souper ? demande-t-elle à Mélodie.

Karen a l'habitude de mener ses amis et, lorsqu'un enfant arrive avec une idée différente, elle y résiste souvent.

— Miaou, dit Mélodie, toute à son rôle.

Elle frotte sa tête contre la jambe de Christine et ignore Karen.

— Eh bien, fait Christine en haussant les épaules, nous ferons le souper pour un bébé, un garçon, une jolie dame et un chat.

Karen se met à bouder, mais suit Christine dans la cuisine. Karen aide Christine à dresser la table pendant que Mélodie joue avec un bout de ficelle en miaulant. Karen prépare la salade pendant que Mélodie fait semblant de boire à petits coups de langue un bol de lait que Christine lui a versé. Lorsque le souper est servi, Karen court chercher Benoît pendant que Mélodie, roulée en boule sous la table, fait la sieste en ronronnant.

— Qu'est-ce qu'il y a pour souper? demande Benoît. Des hot-dogs, je parie. C'est toujours ce qu'on mange quand il y a une gardienne.

— Tu te trompes! dit Christine. Qu'est-ce que tu dirais de bâtonnets de poisson?

— Oui! j'adore ça, dit Benoît. Aurore les aime aussi, mais pas Mélodie.

Heureusement qu'Aurore et Benoît sont satisfaits du menu, parce que Karen et Mélodie ont l'air dépitées: Karen supporte mal le jeu du chat de son amie, et Mélodie ne veut rien savoir des bâtonnets. Christine laisse Mélodie se contenter d'un peu de pain pourvu qu'elle finisse sa salade. Quant à Karen, Christine se dit qu'elle fera mieux de la renvoyer à la maison tout de suite après le repas.

— Je vais appeler ta mère pour qu'elle vienne te chercher, l'avertit-elle après le souper.

— D'accord, répond Karen sans hésiter.

Christine s'aperçoit que sa petite sœur est soulagée. Normalement, il aurait fallu toute une discussion pour lui faire entendre raison.

— Bonsoir, Mélodie, dit Karen lorsque sa mère arrive.

— Miaou, répond Mélodie.

«Miaou» est tout ce qu'elle trouve à dire pour le reste de la soirée. Christine tente n'importe quoi pour mettre fin au jeu, mais Mélodie semble déterminée à le poursuivre.

Finalement, elle laisse Mélodie jouer au chat, c'est-à-dire ronronner et miauler, et accepte que Benoît et Aurore la traitent en chat. Christine a sa revanche juste avant l'heure du coucher.

— Miaou, miaou, fait Mélodie. J'ai faim !

— J'ai la collation parfaite pour un petit chaton comme toi, dit Christine.

Elle va à la cuisine, prend deux bâtonnets de poisson au frigo et les place dans un bol qu'elle apporte à Mélodie. Cette dernière la regarde. Plus de miaulements, plus de ronrons.

— Est-ce que je peux manger des biscuits ? demande-t-elle, en petite fille qu'elle est redevenue.

Christine la serre dans ses bras… et lui donne deux biscuits.

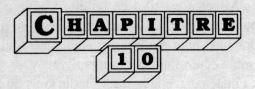

Oh! non, pas une autre collection! se plaint Vanessa.

Elle et moi devons faire le ménage de la salle de séjour. Nous n'arrêtons pas de découvrir ces bizarres de petites collections qu'oncle Jo cache dans tous les coins.

J'ai trouvé un paquet de capsules de bouteilles derrière un géranium sur le bord de la fenêtre. Puis, Vanessa a mis la main sur un tas de bouts de ficelle enfouies sous le coussin de « son » fauteuil.

— Je pense qu'il passe son temps à ça lorsque nous sommes à l'école. Il doit faire le tour de la maison et chercher de nouveaux objets à ajouter à ses collections.

Je secoue la tête. La situation ne s'est pas beaucoup améliorée. Il est toujours aussi rigide, n'a pas pris la peine d'apprendre nos noms, et il passe une partie de la journée à somnoler dans son coin.

Tout devient de plus en plus difficile pour tout le monde. Les plus jeunes ne comprennent pas le comportement d'oncle Jo et sont peinés de voir qu'il ne sait pas leurs noms. Vanessa et moi commençons à en avoir assez de nous sentir responsables de la bonne conduite de nos frères et sœurs. Et papa et maman sont visiblement inquiets au sujet d'oncle Jo.

— Je pense qu'il est allé en haut encore aujourd'hui, dit maman, un soir pendant le souper.

Comme d'habitude, oncle Jo a quitté la table avant que nous ayons terminé. Nous tentons tant bien que mal de manger de ce plat de thon sans épices.

— Je pense qu'il s'ennuie un peu lorsque nous sommes tous sortis, répond papa. Mais je n'aime pas le voir monter cet escalier quand personne n'est ici. S'il fallait qu'il tombe pendant qu'il est seul?

Oncle Jo est censé rester au premier. Il n'a aucune raison d'aller en haut, puisqu'il peut trouver tout ce dont il a besoin en bas.

— Je pense que mon patron est contrarié par le fait que je suis beaucoup restée à la maison ces derniers jours, dit maman. Je m'inquiète pour oncle Jo, mais je ne peux pas toujours être à ses côtés.

Maman travaille à temps partiel et c'est vrai qu'elle s'est souvent absentée du travail pour passer quelques heures avec oncle Jo.

Des fois, je souhaiterais qu'oncle Jo ne soit jamais venu à la maison.

Ça me rappelle le jour où je suis revenue à la maison et que je n'y ai trouvé que maman, attablée au bureau dans le salon.

— Bonjour, ma chérie, a-t-elle dit.

— Bonjour, maman. Où est tout le monde?

— Eh bien, Vanessa est dans sa chambre, Claire et Margot, dans la salle de jeux et les garçons sont partis jouer dehors avec des amis.

— Et oncle Jo? ai-je alors demandé.

— Je pense qu'il fait la sieste dans le séjour. Va donc voir, s'il te plaît.

J'ai alors frappé doucement à sa porte et, comme je ne recevais aucune réponse, j'ai ouvert. Pas d'oncle Jo.

— Il n'est pas là! ai-je dit à maman.

— Oh! non! Et tout ce temps-là, je croyais qu'il était dans sa chambre. Où penses-tu qu'il soit?

— Il est peut-être sorti avec papa?

— Non, j'ai vu ton père partir en auto et il

n'y avait personne avec lui. Oncle Jo doit être sorti tout seul.

Je me suis portée volontaire pour le chercher. J'ai sauté sur ma bicyclette et suis partie faire le tour du quartier pendant que maman restait à la maison avec mes sœurs. Je ne l'ai pas vu. Je suis finalement revenue à la maison, découragée. Juste au moment où je rentrais ma bicyclette dans le garage, j'ai aperçu la voisine qui ramenait oncle Jo par la main.

— Marjorie ! a-t-elle crié. C'est ton oncle Jo, n'est-ce pas ?

J'ai hoché la tête. Que faisait-il chez les Moreau ?

— Eh bien, a continué la voisine, je crois qu'il a décidé de nous rendre une petite visite. Je viens de rentrer de l'épicerie et je l'ai trouvé dans le salon, endormi sur le divan.

J'avais tellement honte !

— J'imagine qu'il est sorti pour marcher et qu'il n'a pas reconnu la maison, ai-je dit. Il n'est pas tellement habitué au quartier encore.

J'ai pris oncle Jo par le bras et l'ai ramené après avoir remercié madame Moreau.

Oncle Jo fait aussi d'étranges choses. Maman lui a demandé d'essuyer la vaisselle pour qu'il se sente comme de la famille. Il a accepté avec plaisir. Il essuie les assiettes bien consciencieusement, en chantonnant, mais une fois qu'il a terminé, il dépose les assiettes ou les tasses dans des endroits inimaginables : dans le four, sur le téléviseur et, une fois, maman a trouvé des soucoupes dans la lessiveuse !

Oncle Jo a aussi du mal à se retrouver dans le temps. Un matin, juste après le déjeuner, il est retourné se mettre en pyjama, comme s'il était l'heure d'aller au lit. Une autre fois, il a demandé à maman pourquoi le souper n'était pas prêt alors qu'il n'était que quatorze heures ! Et souvent, je l'entends qui se promène en bas, au beau milieu de la nuit.

Oncle Jo n'agit pas toujours bizarrement. Souvent, il paraît tout à fait normal. Mais je sais que mon père est inquiet et j'ai surpris parfois mes parents à chuchoter entre eux d'un air grave.

Papa est très gentil avec oncle Jo. Il fait tout pour qu'il se sente à l'aise. Quelquefois, après le souper, il commence avec son oncle des conversations sur des gens qu'ils ont connus et oncle Jo semble presque heureux. Ce qui est étrange c'est qu'il n'a jamais de difficulté à se rappeler les noms des gens avec qui il allait pêcher. Il se remémore les détails d'événements qui sont arrivés il y a quarante-cinq ans de la même façon que je me rappelle ce qui m'est arrivé la veille.

Mais il ne peut pas encore me distinguer de Vanessa ni savoir où il a laissé ses lunettes.

Un soir, ils parlent d'une visite qu'ils ont faite au cirque.

— Te souviens-tu comment on a réussi à entrer mon chien sous le chapiteau ? demande papa.

— Oui, fait oncle Jo. Et je me souviens aussi comment la foule a ri lorsque ton chien a couru se mêler au spectacle des clowns.

— C'est à ce moment-là qu'on nous a demandé de sortir, fait papa en riant. Mais ça valait la peine, non ?

Oncle Jo ne répond pas tout de suite. Papa semble inquiet tout à coup.

— Oncle Jo ? fait-il en lui touchant le bras.

Oncle Jo se tourne vers papa, lui sourit poliment avant de lui dire :

— Je suis désolé, monsieur, mais je n'arrive pas à me rappeler votre nom.

Puis il continue de manger sagement son pâté chinois. C'est comme si papa avait reçu un coup de poing dans l'estomac. Je regarde autour de la table, mais mes autres frères et sœurs sont occupés à parler entre eux. Personne n'a eu connaissance de ce qui s'est passé.

— Oncle Jo, fait papa. C'est moi, Jean Picard. Tu es en visite dans ma famille. Nous parlions de notre sortie au cirque lorsque j'étais encore tout jeune.

Il lui donne tous les renseignements afin qu'il soit capable de se rappeler où il est et ce qu'il fait.

— Bien sûr, Jean, dit oncle Jo, presque insulté, comme si rien d'anormal ne s'était produit. J'ai simplement été… *préoccupé* pendant un moment.

J'échange un regard avec papa. Je n'arrive pas à croire ce que je viens de voir, mais je lis, sur le visage de mon père, qu'il aimerait que je garde ça pour moi. Mais un peu plus tard, j'appelle Claudia, mon experte en personnes âgées.

— C'est étrange, me dit-elle. Je me demande s'il a eu une attaque ou quelque chose comme ça. C'est ce qui a fait agir Mimi de façon bizarre avant sa mort… une attaque.

— Mais il a l'air bien, dis-je. C'est juste son esprit qui dérape un petit peu. Claudia, j'ai peur…

— Tu devrais peut-être en parler à ta mère ou à ton père, dit Claudia. Si tu leur confies tes craintes, ils vont sans doute t'aider à comprendre ce qui est arrivé.

Je remercie mon amie, mais je ne vais pas me confier à mes parents. Ils sont déjà bien assez inquiets comme ça.

Cette nuit, cependant, la situation atteint son paroxysme. Je dors profondément lorsque je suis éveillée par un cri perçant. Je saute du lit, affolée. Il est trois heures du matin. J'entends des voix et je sors aussitôt de ma chambre ; papa et maman réconfortent Margot qui revient de la salle de bains. Ils sont tous les trois en pyjama, ce qui est normal. Mais, debout à leurs côtés, oncle Jo est là, tout endimanché, comme s'il partait pour l'église.

Margot est vite calmée et remise au lit. Papa aide oncle Jo à retourner à sa chambre. La maison est enfin tranquille, mais quelque chose a changé ; je l'ai vu dans les yeux de papa lorsqu'il a ramené oncle Jo dans le séjour.

Le lendemain matin, c'est le conseil de famille. Oncle Jo dort encore, je crois. Du moins, sa porte est fermée.

— J'ai bien peur qu'on doive abréger la visite de mon oncle, dit papa. Il a besoin de soins que nous ne pouvons pas lui donner ici. Il va retourner dans son foyer pour personnes âgées.

Je ne suis pas heureuse de cette nouvelle ; papa a l'air si triste.

— Dis-leur tout, insiste maman. Ils doivent savoir ce qui se passe.

— Eh bien, explique papa, lorsque nous

sommes allés chercher mon oncle, les infirmières ont dit qu'elles croyaient qu'il commençait à souffrir de la maladie d'Alzheimer. Elles nous ont demandé de surveiller les symptômes et de le ramener pour observation et des tests si nous sentions que c'était nécessaire.

— C'est quoi la maladie de Aylmer? demande Claire qui ne comprend pas plus que les autres.

— *Alzheimer*, répète papa. C'est une maladie dont certaines personnes souffrent en vieillissant. Elles oublient des choses et agissent bizarrement. Cela affecte leur cerveau.

— C'est pourquoi oncle Jo est souvent étrange? demande Vanessa.

— Oui, ça explique probablement son comportement. Par exemple, la raison pour laquelle il n'a jamais réussi à apprendre vos noms, c'est que ceux qui sont atteints de cette maladie ont de la difficulté avec la mémoire à court terme. Ils peuvent se rappeler des choses qui se sont passées il y a des années, mais oublient ce qui est arrivé la semaine ou la journée même. Je pense, ajoute-t-il en soupirant, qu'il sera mieux dans un environnement plus stable, plus tranquille.

— On peut être encore plus tranquilles! fait Nicolas.

Je le sens troublé par la tristesse de papa et il est prêt à tout faire pour arranger les choses.

— Je sais, dit papa en souriant. Et je sais aussi que vous avez fait votre gros possible pour que cette visite soit réussie. Mais ce qui est arrivé n'est la faute de personne. Et nous devons faire ce qui est le mieux pour oncle Jo.

— Est-ce qu'oncle Jo sera bientôt guéri ? demande finalement Margot.

Papa secoue la tête, plus affligé que jamais.

— Je ne pense pas, ma chérie. Mais nous allons tout faire pour qu'il soit bien soigné.

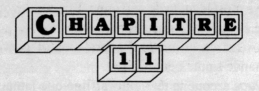

CHAPITRE
11

Jeudi

À qui allez-vous donc vous
adresser ? J'adore être la « ghost-
buster » officielle de Nouville. Je
devrais peut-être faire de la publicité. Votre maison est hantée ? Vous
êtes envahis par les revenants ? Il y
a des fantômes dans vos plates-
bandes ? Des esprits dans vos penderies ? Appelez Diane aujourd'hui
même! Sérieusement, Marjorie, tu
m'as téléphoné au bon moment. Je
repassais justement mes techniques de
chasse aux fantômes, et j'étais
prête à passer à l'action.

Ça fait des jours que je pense à ce qui s'est passé chez les Cormier, la dernière fois que j'y suis allée garder. En fait, je n'arrête pas de penser aux lettres que nous avons trouvées au grenier. Christian Graham a été un homme bizarre et renfermé jusqu'à sa rencontre avec le chat. Il lui était si attaché qu'il l'entendait miauler même après sa mort! Le vieil homme solitaire, le chat blanc, les miaulements dans le grenier… tout ça me donne la chair de poule. Je me demande même si Fantômas n'est pas un vrai fantôme.

Un soir, une idée géniale fait surface: si j'ai un problème de fantôme, c'est la spécialiste des fantômes que je dois contacter: Diane. Elle est fascinée par les fantômes. Elle est même persuadée qu'il y en a un qui vit dans le passage secret de sa maison. Diane lit tout ce qu'elle peut trouver sur les fantômes et en connaît plus que quiconque sur le sujet.

— Il faut d'abord faire des tests pour s'assurer que Fantômas est vraiment un chat en chair et en os ou *autre chose*, me dit-elle aussitôt, quand je l'appelle pour lui soumettre mon idée.

— Euh… est-ce que tu connais ces tests? lui demandé-je d'une voix incertaine.

— Bien sûr! Pas de problème. Quand puis-je voir le chat?

— Je garde les petites Cormier jeudi après-midi et je pense que…

— Fantastique ! J'y serai.

C'est comme ça que Diane est venue garder avec moi ce jeudi. J'ai appelé madame Cormier la veille pour lui demander si une amie pouvait venir me voir et elle a accepté.

Les fillettes sont tout excitées d'avoir deux gardiennes. Elles ont le coup de foudre pour Diane.

Marguerite ! Sophie ! Catherine ! Venez ici. Nous allons jouer à un jeu spécial aujourd'hui.

— Quoi ? demande Sophie.

— Nous allons faire la chasse aux fantômes !

— Hourra ! s'écrie Marguerite.

— Bravo ! crie Sophie.

Catherine est tout sourire. Elles adorent l'idée. Je suis certaine qu'elles sont trop jeunes pour avoir peur des fantômes.

— Diane sera notre chasseuse de fantômes. Elle va s'assurer qu'il n'y en a aucun dans la maison.

— Qu'est-ce qu'il faut faire ? demande Sophie.

— Allons dans le grenier, propose Marguerite.

— Oui, dit Diane. Les fantômes adorent les greniers.

Nous montons là-haut, lampes de poche en main. Les fillettes font le tour du grenier avec Diane.

— Voilà la table sous laquelle se cachait Fantômas, dit Marguerite.

— Et la boîte à chapeau où nous avons trouvé les lettres, dit Sophie.

— Ah! oui! les lettres. J'aimerais les voir.

Elle tient quelque chose dans sa main et le regarde à la lumière de sa lampe.

— Qu'est-ce que c'est? lui demandé-je.

— Un thermomètre. Je veux vérifier la température ici. Souvent, il y a une chute sensible de température lorsque les fantômes sont présents.

Je suis impressionnée. Diane a l'air tellement... professionnelle.

Après un certain temps, Diane avoue qu'elle en a vu assez et nous redescendons toutes les cinq au premier. Marguerite va chercher les lettres pendant que Diane joue un peu avec Catherine et sa poupée.

— Les voilà! s'écrie Marguerite. Et il y a une photo de ce Christian Graham.

— Montre-moi les lettres, dit Diane, qui en lit aussitôt des petits bouts. Hum... fait-elle. Je me demande...

— Quoi? Quoi? demandent Marguerite et Sophie.

— Je me demande si Fantômas est vraiment un chat fantôme !

Les petites sont surprises. Leurs yeux s'éclairent.

— Un vrai fantôme ? demande Sophie.

— Comment savoir la vérité ? s'inquiète Marguerite.

Certains enfants auraient eu peur, mais pas ces deux-là.

— Eh bien, commence Diane, on peut d'abord vérifier la température de la buanderie. Les températures plus froides indiquent souvent la présence de fantômes. Ensuite, on pourra vérifier la présence d'ectoplasme avec cet appareil.

Elle sort de son sac une petite boîte couverte de cadrans et de boutons.

— Où as-tu trouvé ça ? lui dis-je.

— Je l'ai fait venir grâce à une annonce dans une revue que je reçois à la maison.

Je ne crois pas que ce soit un instrument très scientifique car il n'est en fait qu'en carton.

— Allons-y, dis-je alors.

Nous ouvrons la porte de la buanderie très doucement, pensant que Fantômas se précipitera à l'extérieur comme il le fait d'habitude. Mais le chat commence à se sentir à l'aise là-dedans. Il est couché sur la sécheuse et nous regarde à peine.

Diane l'observe attentivement en prenant des notes sur un petit carnet qu'elle traîne avec elle depuis le début.

— Hummm… fait-elle. Il n'a pas l'air transparent.

— Qu'est-ce que c'est « transparent » ? demande Sophie.

— Ça veut dire comme de la pellicule plastique, lui explique Marguerite. Comme quand tu vois à travers quelque chose.

— On ne voit pas à travers Fantômas ! s'indigne-t-elle.

— C'est vrai, mais certains fantômes sont transparents.

Elle prend la température de la pièce, puis inscrit quelque chose dans son carnet. Elle tient ensuite en l'air son détecteur d'ectoplasme, le pointant en direction de Fantômas. Elle tapote l'appareil, règle quelques boutons, puis fronce les sourcils en regardant le chat.

— Hum, dit-elle, déçue, en mettant la boîte par terre. Je ne sais pas si ça fonctionne. On ne peut pas espérer grand-chose d'un appareil à cinq dollars et quatre-vingt-dix.

— Qu'est-ce qu'on fait maintenant ? demande Marguerite.

— On va prendre une photo, poursuit Diane en sortant un appareil Polaroïd de son sac.

Marguerite entraîne ses deux sœurs devant l'évier et leur dit de sourire.

— Une photo du chat! s'exclame Diane.

— Oh! fait Marguerite, déçue à son tour.

Je regarde mon amie de travers.

— Eh bien, dit Diane, on peut en prendre une de vous aussi.

Elle pointe l'appareil sur les fillettes et appuie sur le bouton. Puis elle prend une photo du chat qui ne bouge pas.

Nous attendons le développement des photos que Diane dépose ensuite côte à côte.

— Regardez! s'exclame-t-elle. Celle du chat est plus floue, plus vaporeuse. C'est peut-être significatif!

— C'est juste parce que tu l'as prise en deuxième, et que tu ne lui as pas donné le temps de se développer, dis-je simplement.

Comme de fait, la photo du chat se précise de plus en plus, et finalement elle est aussi claire que celle des petites.

— Eh bien, les filles, tout ça n'augure rien de bon… je veux dire qu'à défaut de fantôme, vous devez être au moins contentes d'avoir un vrai chat, non?

Marguerite hoche la tête.

— Il me reste un test à faire. Celui-là est décisif.

Elle nous fait d'abord sortir de la pièce et prend un petit sac en plastique rempli de poudre blanche qu'elle étend sur le plancher juste devant la porte de la buanderie.

— C'est de la farine, explique-t-elle. Si c'est un fantôme, ses pistes seront invisibles.

Elle fixe ensuite un fil d'un côté à l'autre du seuil de la porte à l'aide de deux petites punaises.

— Un fantôme devrait passer à travers le fil sans le briser.

Elle recule lentement.

— Il faut maintenant le faire sortir de là.

— Je sais comment ! s'exclame Marguerite.

Elle court chercher une boîte de nourriture pour chat et l'agite devant la porte de la buanderie. Le chat arrive en courant, laissant des pistes bien claires dans la farine, puis il casse le fil pendant que Marguerite dépose des petits morceaux de nourriture sur le plancher.

— Je suis contente qu'il ne soit pas un fantôme, dit Sophie en se penchant pour le caresser.

Diane me regarde ; je lis la déception dans ses yeux.

— Quel est ce son plaintif ? lance-t-elle subitement en fronçant les sourcils.

— Quel son ?

Je tends l'oreille et écoute. Un miaulement

qui vient d'en haut. Le téléphone sonne au même moment.

— Allô? dis-je en tremblant.

— Allô, je vous appelle au sujet de l'annonce dans le journal… concernant un chat blanc. Je pense que c'est le mien. A-t-il une petite tache dans l'oreille droite? fait une voix d'homme un peu brusque.

— Oui!

J'ai même remarqué cette tache sur la photo qu'a prise Diane.

— Il s'appelle Raspoutine, dit l'homme.

— Eh bien, vous pourrez venir le chercher ce soir, lui dis-je.

(Madame Cormier m'a recommandé de ne jamais faire venir une personne qui répond à l'annonce quand je garde. Elle veut être à la maison lorsqu'un étranger s'y présentera.)

— Je ne le puis pas, réplique l'homme. Je suis à l'extérieur de la ville. Mais je serai là dans deux jours, ajoute-t-il en raccrochant sans un remerciement.

C'est étrange. Si cet homme est à l'extérieur de la ville, comment a-t-il pu voir l'annonce dans le journal local? Et ne pourrait-il pas venir plus tôt si son chat lui manque? Mais je n'ai pas le temps de m'interroger davantage. Nous devons nettoyer le plancher avant l'arrivée de madame Cormier!

CHAPITRE 12

J'ai l'impression de vivre deux vies. Lorsque je suis chez les Cormier, je pense à Fantômas, aux mystérieux miaulements et à Christian Graham. Lorsque je suis chez moi, c'est oncle Jo qui occupe mon esprit. Je suis même allée à la bibliothèque pour essayer d'en apprendre plus sur la maladie d'Alzheimer, et ce que j'ai lu m'a beaucoup attristée.

Cette maladie est nimbée de mystère. Personne ne sait encore trop bien ce qui la cause et personne ne sait non plus comment la traiter. C'est une maladie *dégénérative*, ce qui signifie qu'elle ne peut qu'empirer. Je suis tellement malheureuse pour oncle Jo.

C'est la dernière journée qu'oncle Jo passe à la maison. Cet avant-midi, mes parents vont rencontrer les infirmières et les médecins qui le soigneront ; ils veulent tout savoir au sujet de sa condition et de son état d'esprit.

Jessie vient tout juste d'arriver. Elle est venue m'aider à garder la famille. Je suis bien contente. Elle n'a encore jamais rencontré oncle Jo. De plus, on ne s'est pas vues souvent ces derniers temps et elle m'a beaucoup manqué.

Nous sommes encore à papoter dans l'entrée lorsque oncle Jo surgit soudain au bout du couloir.

— Bonjour, monsieur Picard, lance Jessie en l'apercevant. Je m'appelle Jessie Raymond et je suis très heureuse de vous rencontrer.

Elle ne tend pas la main ; je lui ai déjà dit ce qui était arrivé à Claudia. Oncle Jo la salue, sans sourire, mais sans prendre un air revêche non plus.

— Je pense que je vais retourner dans ma chambre maintenant, me dit-il. Je vais faire ma valise et je ferai ensuite la sieste.

Il a l'air aussi poli que le jour où il est arrivé, mais il ne semble pas plus se rappeler mon nom. Au moins, je sais maintenant pourquoi.

— D'accord, oncle Jo. Appelle-moi si tu as besoin de quelque chose.

— Tu es très gentille, fait-il avant de se diriger vers le séjour.

— Très gentille ? dis-je à Jessie avec un air interrogateur. C'est la première fois que je l'entends prononcer une telle parole.

— Il n'a pas l'air si pire, Marjorie, réplique Jessie. Enfin, il ne dit rien de méchant et il ne semble pas très confus.

— Il a ses bons et ses mauvais jours. Mais il n'est jamais réellement désagréable. On dirait juste qu'il… qu'il manque de tact.

— Dans le fond, je crois que nous nous attendions à retrouver l'oncle Jo que papa nous avait décrit. Mais nous n'avons jamais su qui il était en réalité. Cela nous aurait pris du temps, et nous n'en avions pas. On ne le connaîtra jamais vraiment, maintenant.

Oh! là là! Quelles idées profondes! Mais il n'y a pas moyen d'être philosophe très long-temps chez les Picard. Quelqu'un trouve tou-jours le tour de vous interrompre assez rapide-ment.

— Salut, Jessie! crie Nicolas en l'aperce-vant. Tu sais quoi?

— Quoi?

— Nous sommes fin prêts pour les Olym-piques Picard! Viens voir, fait-il en lui tirant la main.

— Oh! non! dis-je lorsque je constate ce que mes frères et sœurs ont fait de la salle de jeux.

Les chaises sont renversées au milieu de la pièce; le tapis a été roulé et Margot l'enfourche comme si c'était un cheval d'arçons. Les coussins du divan sont éparpillés sur le plancher et d'autres sont empilés dans un coin.

— C'est bien, non ? demande Bernard.

« Bien » n'est pas tout à fait le mot que j'emploierais.

— Nous allons faire une course à spectacle ! crie Claire.

— *Obstacle*, Claire, corrige Joël. Une course d'obstacles. Et pas pour toi. Ce n'est que pour les plus vieux.

Claire se met à bouder.

— Mais tu feras la course sur un pied, dit Vanessa pour lui changer les idées. Et tu es une très très bonne sauteuse. Je parie que tu gagneras.

Claire se déride un peu.

— Et ces coussins empilés, c'est pourquoi ? demande Jessie.

— Pour jouer à saute-mouton, explique Antoine.

— Je vois, fait Jessie. Mais on devrait peut-être enlever la lampe en céramique, dit-elle en joignant le geste à la parole.

— Bonne idée, dis-je, en commençant à faire le tour de la pièce à la recherche des objets fragiles.

Je mets finalement un miroir, deux cadres et

la lampe dans la penderie. Je tourne la télé contre le mur. Vous pensez peut-être que je suis trop prudente ; mais on ne sait jamais avec mes frères et sœurs.

— Que les jeux commencent ! crié-je lorsque la pièce est conforme aux règles de sécurité.

C'est alors la confusion totale. Au moins trois activités se produisent au même moment et quatre enfants hurlent en chœur :

— Marjorie, Jessie ! Regardez-moi !

Tout le monde saute, court ou culbute dans un vacarme indescriptible, lorsque je sens le coup de coude que Jessie me donne dans les côtes.

— Quoi ?

Je regarde derrière moi et je le vois.

Oncle Jo se tient sur le seuil de la porte et secoue lentement la tête. Il regarde Antoine effectuer une course d'obstacles. Et je vois — enfin, je crois voir — un léger sourire sur ses lèvres. Mais il fait demi-tour et quitte la pièce avant que je me fasse une idée.

— On ferait mieux de ralentir les transports des enfants, dis-je à Jessie.

— Oui, tu as raison. C'est son dernier jour ici, et ce n'est pas l'activité la plus tranquille qui soit.

— Les Olympiques sont finies, les enfants.

Quelques grognements accueillent cette annonce.

— Vous pourrez reprendre demain, mais pour aujourd'hui, on va se contenter d'un concours de coloriage.

— Un concours de coloriage ? demande Vanessa.

— Oui. Chacun devra dessiner un portrait de notre famille et nous donnerons le dessin du gagnant à oncle Jo. Il pourra le suspendre dans sa chambre à la résidence pour personnes âgées.

Je ne sais pas trop où j'ai pêché cette idée-là, mais ça marche. Chacun s'installe avec crayons et papiers. Une fois tout le monde occupé, je raconte à Jessie les derniers événements concernant Fantômas et elle me parle de ses répétitions à l'école de ballet.

— J'ai fini ! annonce Claire en m'apportant son dessin.

— C'est magnifique, dis-je avant qu'elle me nomme chaque personnage qu'elle a dessiné.

L'un après l'autre, ils nous apportent leurs œuvres. Elles sont toutes fantastiques.

— Où est Nicolas ? demandé-je, m'apercevant soudain de son absence.

— Je ne sais pas, dit Antoine, mais voilà son dessin. Regarde, oncle Jo est dessus.

C'est vrai que le dessin de Nicolas comporte un personnage en complet bleu foncé et lunettes rondes. Je veux lui annoncer qu'il gagne le concours, mais où est-il?

— Cherchons-le, dis-je à Jessie. Vous autres, vous pouvez continuer à dessiner si vous voulez.

Jessie et moi allons jeter un coup d'œil dans la salle à manger et la cuisine. Pas de traces de Nicolas. J'entends alors des rires étouffés venant du salon. Je fais signe à Jessie qui me suit jusqu'à la porte. Nous regardons à l'intérieur.

Nicolas est assis sur les genoux d'oncle Jo, qui tient un mouchoir replié en forme de souris.

— Jolie petite souris, dit-il en la faisant courir sur le bras de mon frère.

— Encore, oncle Jo, encore! s'exclame Nicolas en riant.

Jessie et moi demeurons stupéfiées à la vue de cette scène. Oncle Jo lève les yeux et nous voit.

— Le petit Nicolas m'a parlé de ce vieux truc que j'avais complètement oublié.

Nicolas! Il a dit Nicolas! Voilà qu'il se rappelle son nom!

J'en reste muette.

— Je vois que tu es surprise de me voir faire

ça, dit oncle Jo. Je sais que j'ai été plutôt distant ces dernières semaines et j'en suis désolé. C'est juste que j'ai l'habitude d'être seul et que c'est difficile pour moi d'avoir tant de monde autour de moi.

— Ça va… ça va, dis-je. Je comprends.

— Je suis bien triste de partir juste au moment où je commençais à m'habituer à votre famille.

Je n'en reviens pas. Claudia avait donc raison ! Il fallait simplement que la famille Picard s'habitue à lui et qu'il s'habitue à nous.

Le reste de l'avant-midi passe très vite. Je ne peux pas dire qu'oncle Jo se transforme en oncle-gâteau, mais il nous montre une facette de sa personnalité que nous ne connaissions pas. Il tire une pièce de monnaie de l'oreille de Margot ; il exécute des trucs avec des ficelles pour les triplets ; il laisse Claire essayer ses lunettes ; il lit même les poèmes de Vanessa. Il préfère nous avoir un ou deux à la fois plutôt qu'en groupe.

Nous sommes tristes de le laisser partir après le dîner, mais comme papa et maman nous l'expliquent, le foyer où il réside est l'endroit idéal pour lui.

— Mais je suis tellement heureuse qu'il ait eu cette belle journée, soupire maman. Le médecin nous a dit que cette maladie ne change habituellement pas la personnalité des gens, et je sais maintenant qu'il avait raison. L'oncle Jo de tes souvenirs existe toujours, ajoute-t-elle en se tournant vers papa, mais il lui faut un peu plus de temps pour se sentir à l'aise avec de nouveaux visages.

Je souris, me rappelant le moment où j'ai vu Nicolas assis sur les genoux d'oncle Jo. Ils paraissaient vraiment à l'aise tous les deux.

— Je suis tellement contente, dis-je, que ce soit enfin arrivé.

CHAPITRE 13

C'est à moi !

— Non, à moi !

Catherine et Sophie sont face à face dans le salon, criant à tue-tête et tenant chacune le bras d'un ours en peluche que je n'ai jamais vu auparavant.

— Les filles, dis-je, vous pourriez peut-être l'avoir à tour de rôle.

Il m'est impossible de savoir à laquelle des deux appartient ce toutou.

— Il est à moi, me confie Marguerite. Je l'ai trouvé au fond de mon coffre à jouets.

Comme elles croient que c'est un jouet neuf, elles se chicanent pour l'avoir.

— Je le veux ! crie Sophie.

— Non, à moi ! hurle Catherine.

— Je pense que je vais mettre votre toutou

de côté pendant quelque temps, dis-je en leur enlevant doucement l'objet de discorde.

C'est quelquefois la seule solution aux problèmes entre enfants, du moins une partie de la solution.

Catherine ouvre la bouche toute grande, comme si elle se préparait à pleurer. J'ai alors recours à la deuxième partie de la solution : la diversion.

— Allons rendre visite à Fantômas, d'accord ? dis-je en me dirigeant vers la buanderie.

Comme Catherine hésite à me suivre, je reprends :

— Vous savez que c'est son dernier jour ici.

— N'oublie pas qu'il s'appelle Raspoutine, dit Marguerite.

— C'est ça. Un drôle de nom pour un chat, n'est-ce pas ?

— Peut-être, mais on ne peut plus l'appeler Fantômas. Diane nous a prouvé qu'il n'était pas un fantôme.

C'est bien vrai. Les tests ont été révélateurs. Mais quelque chose me dit que le mystère Fantômas n'est pas encore résolu.

— Bonjour, Raspoutine, dit Marguerite en ouvrant la porte de la buanderie.

Le chat saute du haut de la sécheuse et vient se frotter contre les jambes de Marguerite.

— Eh ! Il commence à devenir très amical ! dis-je.

— Il a commencé à faire cela dès que je l'ai appelé par son nom, m'explique Marguerite.

— Il est à moi ! dit Sophie, décidément en crise de possession.

— Il n'est ni à toi, ni à Catherine, ni à Marguerite, lui répliqué-je. Il appartient à quelqu'un d'autre qui viendra le chercher aujourd'hui même.

— Je veux que Raspoutine reste ici, déclare Sophie, au bord des larmes.

— Je le sais bien, dis-je, mais son propriétaire veut le ravoir.

J'aimerais pouvoir dire à Sophie que ses parents pensent leur acheter un chat puisqu'elles semblaient tellement heureuses d'en avoir un. Mais madame Cormier m'a bien demandé de garder le secret jusqu'à ce qu'elle et son mari aient pris une décision définitive. Monsieur Cormier doit être de retour à temps pour la visite du propriétaire du chat, vers dix-sept heures trente.

— J'ai bien aimé les tests de Diane sur le chat, dit Marguerite.

— Pourquoi on n'en ferait pas d'autres ? leur dis-je. Un test de quotient intellectuel pour chat !

— C'est quoi ça ? demande Sophie, captivée.

— C'est pour mesurer le degré d'intelligence. Si ça existe pour les humains, pourquoi pas pour les chats ? Qu'est-ce qu'un chat intelligent peut faire ?

— Attraper des souris ! crie Marguerite.

— Il vient quand on l'appelle, dit Sophie.

— Faisons un test alors. Où est ce jouet que votre père lui a apporté ?

— Le voilà ! lance Marguerite.

— Parfait. Cachons maintenant la petite souris jouet derrière la porte de la lingerie et nous allons donner trois chances à Raspoutine de la retrouver.

Je cache le jouet en m'assurant que le chat me voit faire. Il ne lui faut que trois secondes pour « attraper » la souris. Je répète l'opération deux autres fois, et il n'a aucun mal à la retrouver.

— Il est super rapide ! dit Sophie. Ça veut dire qu'il est très intelligent, pas vrai ?

— C'est vrai, dis-je en riant. Mais allons plus loin et appelons-le par différents noms pour découvrir s'il reconnaît vraiment le sien.

Nous nous éloignons et je commence à inventer des noms pour appeler le chat.

— Boule de Neige ! Blanchet ! Perle !

Le chat reste en place, se lavant le museau de sa patte.

— Laisse-moi essayer! dit Marguerite. Blanc-blanc!

Le chat ne bouge pas.

— Fantômas? tente Sophie.

— Julie! fait Catherine à son tour.

Ses sœurs et moi pouffons de rire. Quel nom pour un chat! Surtout un mâle.

— Raspoutine! dis-je calmement.

Il sort de la buanderie comme une balle et vient se frotter contre mes chevilles en ronronnant.

— Il doit être très intelligent, dit Marguerite, pour avoir réussi à trouver le chemin de notre grenier.

— Je me demande pourquoi il s'est sauvé de la maison de son maître, dis-je. Et pourquoi il a choisi votre maison. On devrait lui donner son dernier repas. Nous allons lui offrir quelque chose de spécial pour qu'il se souvienne de nous.

Nous allons à la cuisine et Marguerite sort un gros pot d'olives du frigo.

— Papa les adore, dit-elle.

— Humm, non. Je ne crois pas que les chats aiment beaucoup les olives.

Sophie prend une boîte de céréales sucrées et me la tend.

— Ce sont mes favorites. Donne-lui-en un bol.

— Il aimera peut-être le lait que j'y mettrai, mais je ne crois pas qu'il appréciera les petits flocons. Garde-les plutôt pour toi.

Je verse alors du lait dans un bol et le dépose à côté d'un reste de thon. Raspoutine se jette sur le thon et se met à laper le lait aussitôt son assiette finie.

— Il aime beaucoup ça, commente Marguerite. Je me demande ce que son maître lui donne à manger.

— Probablement pas quelque chose d'aussi spécial à chaque repas, lui dis-je.

Raspoutine termine son repas, puis se met en frais de se débarbouiller le museau. Les petites le regardent faire. La cuisine est silencieuse… et j'entends alors un bruit. Un miaulement qui vient d'en haut ! Je saute de ma chaise, mais les fillettes semblent n'avoir rien entendu. Je tends l'oreille. Je pense que cette histoire de Fantômas me trotte beaucoup trop dans la tête.

Puis j'entends le bruit de nouveau. Cette fois, je me dirige vers l'escalier pour essayer d'en découvrir la provenance. J'écoute encore. Ça vient du grenier.

Je retourne à la cuisine et m'assois pour réfléchir. Comment puis-je entendre miauler au grenier alors que Raspoutine est là devant moi, en train de faire sa toilette ? L'idée qu'un autre chat puisse avoir trouvé refuge dans le grenier me semble un peu tirée par les cheveux. De toute façon, nous avons déjà fouillé sans rien trouver. Et si le fantôme du chat de Christian Graham était réellement à la recherche de son maître ?

Je suis en train de devenir maboule.

Heureusement, monsieur Cormier arrive avant que les fillettes n'aient remarqué quoi que ce soit.

— Bonjour, Marjorie, fait-il en lançant son manteau sur une chaise. J'espère que je ne suis pas en retard.

— Papa ! crient les trois filles.

— Vous êtes tout à fait à l'heure. Le propriétaire devrait être ici d'une minute à l'autre.

— On a testé le quotient intellectuel de Raspoutine, annonce Marguerite, et nous avons découvert qu'il est superintelligent !

— J'ai toujours pensé que ce chat était exceptionnel, fait monsieur Cormier en me lançant un clin d'œil.

Ça sonne à la porte au même moment.

— Ce doit être le propriétaire du chat, dis-je.

Monsieur Cormier va répondre, ses trois filles sur les talons. J'aurais peut-être dû partir dès le retour de monsieur Cormier, mais je meurs d'envie de voir l'homme mystérieux qui a appelé.

Monsieur Cormier ouvre la porte et, debout sur le seuil, apparaît devant nos yeux… le portrait tout craché de Christian Graham ! Les mêmes cheveux blancs et le même visage. Il a également une petite cicatrice sous l'œil, comme l'homme de la photo.

Monsieur Cormier ne remarque pas l'air hébété que j'affiche et il me demande d'aller chercher le chat, vu que l'homme refuse d'entrer.

Je reviens avec Raspoutine et le dépose gentiment entre les bras de l'homme.

— Merci, dit l'étranger qui me glisse quelque chose dans la main. Et merci, petites filles, de vous être si bien occupées de mon chat, ajoute-t-il en tendant quelque chose à chacune des fillettes.

Il met ensuite le chat dans une cage qu'il a apportée, nous dit au revoir et s'éloigne.

Il nous a laissé à chacune un billet de cinq dollars. Quelle générosité !

— Il est vraiment généreux, dit monsieur Cormier, et ça me rappelle que je dois te payer, Marjorie.

Comme il se dirige vers la cuisine pour y

prendre son portefeuille, les fillettes et moi, nous nous regardons sans dire un mot.

— Je pense que c'était un fantôme ! fait enfin Marguerite. Je pense que le chat et l'homme sont tous deux des fantômes.

Vous savez quoi ? Je me sens incapable de la contredire. Mais je ne veux pas l'effrayer non plus.

— En tout cas, dis-je en guise de conclusion, le chat semblait content de le revoir. Le mystère Fantômas est résolu.

J'ai l'air sûre de moi comme ça, mais je suis loin de l'être.

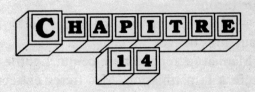

CHAPITRE
14

Dimanche matin. La maisonnée Picard est sens dessus dessous. Comme d'habitude, direz-vous.

Mais aujourd'hui, c'est pire parce que nous nous préparons à partir tous les dix ensemble. Une sortie en famille, chez nous, se transforme rapidement en un véritable branle-bas de combat.

Où allons-nous? Visiter oncle Jo. Il y a quelques semaines, je n'aurais jamais voulu y aller, ou alors je l'aurais fait pour ne pas me sentir coupable. Mais grâce à Nicolas, oncle Jo nous a laissé le souvenir d'un homme chaleureux et j'ai hâte de le revoir.

Tout le monde s'énerve: quoi porter, quel cadeau donner et comment l'envelopper.

— Je veux mettre ma robe à rayures! insiste Claire.

— Elle est au lavage, ma chérie, lui rétorque maman. Trouve autre chose.

Claire se met à bouder, mais y renonce vite, sachant qu'elle n'arrivera à rien avec maman de cette façon.

— Bon. Mais je vais au moins porter mes chaussures neuves !

Maman ne répond rien, ce qui signifie que Claire a la permission. Mes frères entreprennent une discussion sur l'appréciation que fera oncle Jo de leurs dessins.

— C'est le mien qu'il trouvera le plus beau, dit Joël en tenant son dessin dans les airs.

— Pas question ! C'est le mien, dit Antoine.

— Vous rêvez, dit Bernard. Le mien est un véritable chef-d'œuvre.

— Vos dessins sont tous très beaux, leur dis-je et je suis certaine qu'il les aimera également. Mais je ne pense pas qu'on vous laisse entrer vêtus ou dévêtus comme vous l'êtes. Allez vite vous habiller.

L'un est en caleçon, l'autre nu-pieds, et le troisième encore en pyjama.

— Vous voulez entendre le poème que j'ai écrit pour oncle Jo ? demande Vanessa en arrivant près de nous. Il a cinq pages.

Les triplets disparaissent comme par enchantement. Je souris à Vanessa, qui a fait grouiller les gars sans vraiment le vouloir.

— J'adorerais t'écouter, lui dis-je, mais je n'ai pas le temps maintenant. Mais je suis certaine que c'est un excellent poème.

Je lève les yeux au plafond en tentant de m'éloigner. Les poèmes de Vanessa sont parfois un peu difficiles à digérer. Ma sœur me suit dans le corridor.

— Laisse-moi te lire la première partie, dit-elle. Il commence comme ça: «Ô, oncle Jo, tu nous manques trop, il ne fallait pas nous quitter si tôt…»

— C'est beau, Vanessa, lui lancé-je avant de monter l'escalier.

Une demi-heure plus tard, toute la famille est entassée dans l'auto. Nicolas apporte le dessin qui a gagné notre dernier concours de coloriage. Antoine l'a aidé à fabriquer un cadre. Margot apporte un pot à crayons qu'elle a fait à l'école : une boîte de jus d'orange recouverte de papier de couleur. Je ne suis pas certaine qu'oncle Jo ait véritablement besoin d'un porte-crayons, mais je crois qu'il sera quand même touché.

— Tout le monde est prêt ? demande papa en reculant dans l'allée de la maison.

— Non ! crié-je. J'ai oublié les biscuits que j'ai faits !

J'ai été tellement occupée à voir à ce que

tous mes frères et sœurs soient prêts, que j'en ai oublié mes propres projets. J'attrape la boîte que j'avais laissée sur le comptoir de la cuisine et je cours vers l'auto.

Le voyage n'est pas très long, si on oublie les deux arrêts que nous devons faire pour permettre à Margot de prendre l'air à cause de ses nausées. Margot commence à avoir mal au cœur dès l'instant où l'on parle d'aller quelque part en auto.

Nous stationnons enfin en face du foyer. Je me rappelle la dernière fois où je suis venue avec les membres du CBS. C'était pour visiter un vieil homme qui était l'unique personne vivante à pouvoir dire la vérité au sujet d'une maison hantée.

La place est jolie et accueillante, même si le foyer ressemble à toutes les institutions du genre. Il n'a qu'un étage percé de plusieurs grandes fenêtres. Des plates-bandes de fleurs bordent les endroits où les gens peuvent s'asseoir pour prendre l'air. Une vieille dame se promène avec sa marchette en s'arrêtant de temps à autre pour les admirer.

Les garçons s'attardent dans la porte tournante, jusqu'à ce que papa leur dise de le suivre au comptoir de la réception où il explique que nous venons visiter Jo Picard.

— Oh! Il vous attend, nous dit l'employé tout souriant. Sa chambre est la deuxième sur la gauche dans ce couloir.

Nous suivons papa et je deviens soudain très nerveuse à l'idée de voir oncle Jo. Et si c'était un de ses mauvais jours? Je remarque que les plus jeunes commencent eux aussi à se sentir mal à l'aise. Ils sont trop tranquilles pour que ce soit normal.

Je marche en essayant de ne pas regarder dans les chambres. Des personnes sont installées dans des fauteuils roulants en pyjama ou en robe de nuit. Ils nous regardent passer et je pense qu'ils doivent se sentir bien seuls à la vue d'une grosse famille comme la nôtre. Claire salue un vieil homme de la main. Est-ce qu'oncle Jo se sent seul?

Nous atteignons sa chambre et, même si la porte est ouverte, papa frappe afin d'avertir oncle Jo de notre arrivée. Il est assis à une petite table et joue au Scrabble avec un autre vieillard. Oncle Jo sourit dès qu'il nous voit!

— Entrez, entrez! Ne restez pas là!

Nous nous entassons et tentons de nous trouver des endroits pour nous asseoir dans la chambrette. Je prends place sur le calorifère avec Claire sur les genoux. Oncle Jo dépose des lettres sur le jeu.

— Ça y est ! annonce-t-il, et le « J » tombe sur une case triple. Ça me fait vingt-sept points ! ajoute-t-il en se frottant les mains. Je dois arrêter maintenant parce que ma famille est ici.

Sa famille ! Je suis heureuse qu'il pense à nous de cette façon.

— Je te présente mon compagnon de chambre, dit-il à papa. Voici monsieur Cournoyer.

Ce dernier nous salue en souriant.

Papa se lève et nous présente tour à tour afin qu'oncle Jo n'ait pas à se rappeler nos noms.

— Tu peux finir ta partie, dit-il ensuite à oncle Jo. Nous allons attendre.

— Ça va, fait oncle Jo qui s'est déjà levé. De toute façon, il triche, ajoute-t-il à mi-voix.

Nous retenons notre fou rire. Monsieur Cournoyer a sûrement entendu.

— Eh bien, dit maman, pour faire diversion, voulez-vous nous faire faire le tour du propriétaire avant le souper ?

Les arrangements ont été pris pour rester à souper avec oncle Jo.

— Certainement, dit ce dernier. Où sont mes encyclopédies ?

De quoi parle-t-il ? Je ne vois aucune encyclopédie. Heureusement, papa remarque qu'il fouille les poches de sa veste.

— Cherches-tu tes lunettes, oncle Jo ?

— Oui, oui, c'est ça. Les voici, dit-il en les mettant sur son nez.

Nous suivons oncle Jo dans le corridor pendant que maman m'explique qu'un autre symptôme de la maladie d'Alzheimer est d'oublier le nom des choses. Étrange.

Oncle Jo nous fait visiter partout et nous finissons par la salle de musique. Il y a un attroupement dans un coin de la pièce et je vais voir ce qui s'y passe. Des jeunes sont là, des petits animaux dans les bras.

— Qu'est-ce que vous faites ? demandé-je à une fille de mon âge.

— Nous sommes des bénévoles d'une société humanitaire et nous emmenons de petits animaux ici, une fois par semaine, pour que les vieillards puissent les caresser. Ils adorent ça.

Je trouve l'idée géniale ; peut-être pourrai-je me joindre à eux un jour.

Au même moment, une infirmière passe la tête par la porte.

— Le souper est servi !

Nous suivons oncle Jo dans la salle à manger. Il a l'air heureux ici, au milieu des gens de son âge. Tout se passe sans incident. Mais voilà qu'après avoir été servi, oncle Jo sort discrètement une petite bouteille rouge de sa poche dont il verse le contenu sur toute son assiettée. Je suis la seule à le voir faire et il me chuchote alors en se penchant vers moi :

— C'est de la sauce piquante. C'est une des infirmières qui me l'a procurée. Je déteste la nourriture fade !

J'ai hâte d'en parler à maman.

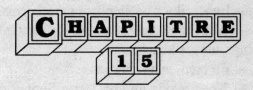

CHAPITRE 15

Bonjour, Marjorie, dit la jeune femme qui répond à la porte des Cormier.

Cela me prend quelques secondes avant de me rappeler qui c'est.

— Bonjour, Tanti… je veux dire, Hélène. Oh! On a enlevé votre plâtre!

— Oui. Quel soulagement! Je dois éviter toute fatigue pour environ une semaine, puis je pourrai reprendre ma moto.

— Et vous reviendrez garder les petites aussi, dis-je en suivant Hélène dans la cuisine.

Je savais bien que ce n'était que temporaire, mais je me sens triste de les laisser.

— Oui, c'est vrai, dit Hélène, mais il n'est pas question que tu cesses de venir garder mes nièces. Elles m'ont bien fait savoir qu'elles veulent que tu reviennes de temps à autre.

— Oh! je suis contente!

Je veux demander à Hélène comment elle en est arrivée à faire de la moto lorsque Marguerite arrive en trombe.

— Devine quoi, Marjorie !

— Euh… il y a un éléphant dans la cuisine ?

— Marjorie ! fait la petite en mettant les poings sur ses hanches.

— Eh bien, je ne sais pas.

— Nous avons un chat ! crie Sophie qui a suivi sa sœur dans la cuisine.

— Sophie ! C'est moi qui devais le lui annoncer !

— Oh ! dis-je sans plus attendre. Quand l'avez-vous eu ?

— L'autre jour, après que l'homme est venu chercher Raspoutine.

— Vraiment ?

— Papa nous a emmenées, Sophie, Catherine et moi dans un refuge pour animaux et nous avons choisi un chaton.

— Dis à Marjorie qui a d'abord vu le chat, fait Hélène.

— C'est Catherine, répond Marguerite. Nous regardions les autres chats quand Catherine est allée vers une cage en disant « Fantômas ! »

— Est-ce que c'était vraiment Fantômas ? demandé-je.

— Bien sûr que non, dit Marguerite. Mais

elle lui ressemble tellement. Viens voir! ajoute-t-elle en me tirant par la main vers la buanderie.

Elle ouvre la porte et je jette un coup d'œil. Une magnifique chatte blanche est roulée en boule sur la sécheuse où Fantômas avait l'habitude de dormir. Elle ouvre aussitôt les yeux et me regarde.

— Quels beaux yeux elle a! m'exclamé-je. Je n'ai jamais vu de chats aux yeux bleus avant aujourd'hui. Elle est superbe!

— Oui, dit Marguerite. Catherine a trouvé le chat le plus beau de tout le refuge.

— Viens ici, ma minette, fais-je, mais la chatte ne bouge pas.

— Elle ne peut pas t'entendre, m'explique Marguerite.

— Qu'est-ce que tu veux dire? Je ne parle pas assez fort?

— Elle ne peut pas t'entendre parce qu'elle est sourde, intervient Hélène qui nous a suivies.

— Un chat sourd! Je n'ai jamais entendu parler de ça.

— C'est étrange, m'explique Hélène, mais beaucoup de chats blancs aux yeux bleus sont sourds sans qu'on sache pourquoi.

— Est-ce qu'elle a besoin de soins spéciaux? demandé-je.

— Non! affirme Marguerite, mais comme

elle ne peut pas entendre les klaxons, elle doit rester à l'intérieur.

— Les responsables du refuge étaient tellement heureux de lui trouver un foyer, dit Hélène. Ce n'est pas tout le monde qui désire avoir un animal sourd, même aussi beau que cette chatte.

— Elle est belle… et si douce, ajouté-je en la caressant.

— Je dois maintenant partir, dit Hélène. Venez m'embrasser, les filles. Mon frère sera ici vers dix-sept heures, ajoute-t-elle à mon intention.

Les fillettes et moi demeurons dans la buanderie après le départ d'Hélène.

— Tu veux savoir son nom ? demande Marguerite.

— Mais oui !

— Tomette ! Le féminin de Tom, le nom que le vieux Graham avait donné à son chat.

— C'est très bien trouvé, dis-je.

— Et tu sais ce qui est étrange ? me raconte Marguerite. Depuis que Tomette est arrivée, nous n'avons plus entendu les étranges miaulements qui venaient du grenier. Pas une seule fois !

— Hummm… C'est étrange, en effet.

Je me demande ce que ça veut dire. Que Fantômas était un véritable fantôme ? Ou que celui qui est venu le chercher était la réincarnation de Christian Graham ? Ou les deux ? Le fantôme de Tom repose-t-il en paix depuis l'arrivée de Tomette chez les Cormier ? Je suis un peu frustrée de ne pas savoir, mais n'empêche que c'était bien amusant d'avoir un mystère à résoudre.

* * *

J'arrive la première à la réunion du CBS. Il n'y a que Claudia et Christine.

— Salut ! lancé-je en m'installant à ma place habituelle sur le plancher.

— Salut, Marjorie, me répond Christine. Viens voir ce que fait Claudia. Tu n'en croiras pas tes yeux.

Claudia s'amuse avec trois bouteilles de vernis à ongles : une noire, une blanche et une rouge. Elle me regarde du coin de l'œil en souriant.

— Des ongles dessinés ! Tout le monde fait ça !

Tout le monde ? Claudia est la première à ma connaissance. Elle dessine un visage différent sur chaque ongle. Incroyable !

— Vas-tu me le faire, un jour ? demandé-je.

— Bien sûr, mais je vais te l'apprendre. Ce n'est pas trop difficile.

Les autres membres sont maintenant arrivés, et tout le monde est enfin en place.

— À l'ordre ! lance Christine.

La réunion commence. On règle des petites affaires, puis le téléphone sonne.

— Allô ? fait Sophie qui a sauté sur l'appareil. Le Club des baby-sitters. D'accord, madame Cousineau, je vais vous rappeler dans quelques minutes, dès qu'on aura consulté l'agenda. Madame Cousineau a besoin d'une gardienne vendredi soir, nous dit-elle une fois qu'elle a raccroché.

— Pas moi, en tout cas ! s'écrie Christine. J'en ai assez de Mélodie qui se transforme en chat. De toute façon je garde chez les Seguin.

— Oh ! Ça me rappelle, fait Diane. J'ai oublié d'écrire dans le journal de bord que Mélodie n'était plus un chat la dernière fois que j'y suis allée. Elle est maintenant un poisson !

— Comment fait-elle ça ? demandons-nous, prises de fou rire.

— Elle marche en faisant semblant de nager, et ouvre et ferme la bouche sans un son. Je n'ai même pas essayé de l'arrêter. J'étais bien trop heureuse de ne pas l'entendre miauler !

Je raconte ensuite les derniers épisodes du mystère du chat fantôme. Mes amies sont toutes fascinées, surtout Diane qui me pose des questions sur l'homme.

— Je ne sais rien de cet homme, mais je suis certaine qu'un fantôme plane sur toute l'affaire. En tout cas, l'important, c'est que les petites Cormier soient heureuses avec leur chatte Tomette.

— Tu vas t'ennuyer de ces petites, non ? demande Anne-Marie.

— Oui, mais il me reste encore une semaine. Et leur tante m'a dit que je retournerais garder de temps à autre. Vous savez qui me manque vraiment ? C'est oncle Jo.

— Pense qu'il est entouré de gens de son âge et qu'il reçoit tous les soins dont il a besoin, me dit doucement Jessie.

— C'est vrai. Au moins, il ne passe pas le reste de ses jours renfermé et isolé, à pleurer la mort de son chat jusqu'à en perdre la raison.

La réunion se poursuit, mais mon esprit est ailleurs. Je pense à oncle Jo et à la prochaine visite que je lui ferai. Les petites Cormier aimeraient peut-être venir avec moi. Et on pourrait même emmener Tomette…

Quelques notes sur l'auteure

Pendant son adolescence, ANN M. MARTIN a gardé beaucoup d'enfants, à Princeton, au New Jersey. Maintenant, elle ne garde plus que Mouse, son chat, qui vit avec elle dans son appartement de Manhattan, dans le centre de New York.

Elle a publié plusieurs autres livres dans la collection *Le Club des baby-sitters*.

Elle a été directrice de publication de livres pour enfants, après avoir obtenu son diplôme du Smith College.

Résumés des autres livres
de cette collection

#1 SOPHIE ET LA BAGUE DISPARUE

Sophie est bouleversée lorsque de nouveaux clients l'accusent d'avoir volé une bague de grande valeur alors qu'elle gardait chez eux.

La réputation des Baby-sitters est-elle ternie à jamais? Mais Sophie n'a pas dit son dernier mot. Elle doit découvrir ce qu'il est advenu de cette bague!

#2 PRENDS GARDE, DIANE!

Lorsque Diane commence à recevoir des lettres de menaces et des appels anonymes, elle ne sait que faire. Les lettres sont signées «Monsieur X» et deviennent de plus en plus terrifiantes.

Normalement, elle en parlerait aux autres Baby-sitters, mais cette fois, c'est différent. Diane est-elle vraiment en danger?

#4 CHRISTINE ET L'ENFANT PERDU

Christine n'arrive pas à croire que le petit Jacques Cadieux, qui fait partie de son équipe de balle molle, a disparu.

Parce qu'elle est la dernière à l'avoir vu et se sent un peu responsable, Christine organise une battue pour aider la police à retrouver l'enfant perdu.

ACHEVÉ D'IMPRIMER
EN FÉVRIER 1994
SUR LES PRESSES DE
PAYETTE & SIMMS INC.
À SAINT-LAMBERT, P.Q.